# 내가
# 현상수배범이라니

# 내가 현상수배범이라니

| | |
|---|---|
| **초판인쇄** | 2024년 12월 10일 |
| **초판발행** | 2024년 12월 25일 |

| | |
|---|---|
| **지은이** | 담호랑 |
| **발행인** | 조현수 |
| **펴낸곳** | 도서출판 프로방스 |
| **기획** | 조영재 |
| **마케팅** | 최문섭 |
| **편집** | 문영윤 |

| | |
|---|---|
| **본사** | 경기도 파주시 광인사길 68, 201-4호(문발동) |
| **물류센터** | 경기도 파주시 산남동 693-1 |
| **전화** | 031-942-5366 |
| **팩스** | 031-942-5368 |
| **이메일** | provence70@naver.com |
| **등록번호** | 제2016-000126호 |
| **등록** | 2016년 06월 23일 |

정가 16,800원

# 내가
# 인삼수배범이라니

담호랑 지음

프로방스

프롤로그

내 사무실에 사람이 죽어 있었다.

절대로 내가 죽이지 않았다.

이대로 누명을 써서는 안 된다.

어떻게든 바로 잡아야 한다.

내가 가장 사랑하는 아내와 딸의 곁으로 돌아갈 것이다.

아무런 문제없이 돌아갈 것이다.

기필코. 반드시.


"너무 걱정하지마. 우리 가족은 지금처럼 행복하게 살 수 있을거야."


…


"나만 믿어."

...

"내가 그렇게 만들거니깐."

...

난 내 가정을 지키기 위해 하루하루를 치열하게 살아간다.
술, 담배도 거의 끊고 퇴근한 후에는 오롯이 우리 가족들과 시간을
보낸다.
사랑하는 아내에게는 최고의 남편,
하나뿐인 딸에게는 좋은 아빠가 되고 싶다.
그런 내게 왜 이런 일이 생긴거지? 대체 내가 무슨 잘못을 했다고?

...
...
...

아놔, 갑자기 화나네.
내가 이대로 당하기만 할 줄 알아?!

# 내가
# 현상수배범이라니

목차

제1장

# 능력자

평화로운 일요일 아침, 기분 좋게 늦잠을 잤다.

아침부터 창밖으로 새 지저귀는 소리가 상쾌하게 느껴졌다.

이것만으로도 원래 내가 살던 번화가를 떠나 이곳으로 이사 온 것은 정말 잘한 일이라 생각되었다.

그때는 밤새 술 먹은 사람들이 아침부터 고래고래 소리 질러대서 듣는 것이 고역이었다.


팔다리를 위아래로 쭉 펴고 하품을 늘어지게 하려는 찰나였다.

무언가 내 배 위에 묵직한 타격을 줘서 어제 먹은 치킨과 맥주가 튀어나올 뻔했다.


"으하아암~ 아악!"

"아빠! 과자 사러 가자!"

하나뿐인 내 딸 서연이가 내 배 위에 올라타서 둥둥거린다.

"으억, 으어억, 알았어. 알았어."

조금 더 아기 때는 마냥 귀여웠는데, 갈수록 무거워져서 이제는 이렇게 있는 힘껏 뛰면 고통이 느껴진다.
서연이의 손을 잡고 방 문을 나섰다.

탁탁탁탁.

"여보, 더 자지~ 왜 벌써 일어났어~?"
"아이고, 우리 공주님 맛있는 거 해주려고 일찍 일어났는데, 벌써 하고 있네? 서연이랑 편의점 가서 과자 좀 사 올게요~"

내가 세상에서 제일 사랑하는 아내가 나보다 먼저 일어나 요리를 하고 있었다. 결혼 전에는 요리에 소질이 없는 줄 알고 기대도 안 했는데, 반전 매력이긴 하다.

"어? 그럼 같이 나가자! 오랜만에 셋이 장 보러 갈까?"
"오, 그럴까?"

요리를 하다 말고 장을 보러 가자고?
그녀의 변덕에 살짝 웃으며 옷을 입었다.

어차피 같이 나가고 싶어 하는데, 내가 괜히 "요리는?"이라고 했다가
는 한소리 듣고 같이 나가게 될 것을 이제는 알기 때문이다.

"예~~ 엄마랑 아빠랑 장 보러 간다!"
"우리 딸 좋아? 엄마랑 준비하고 나와. 여보, 나 시동 걸고 있을게. 천
천히 나와~"

엄마도 함께 나간다는 소리를 듣고 더 좋아하는 딸을 아내에게 맡기
고, 나는 추리닝 바람에 슬리퍼를 신고 먼저 내려왔다.
치이익. 하~
역시 담배는 모닝담배가 제일 맛있다.
차에 시동을 걸고 나서 에어컨을 틀어 놓고 구석으로 터덜터덜 걸어
가는데 웬 놈들이 말을 걸었다.

"저기요, 형, 담배 하나만 주시면 안 돼요?"

다 큰 남자 3명이 담배를 달라는 것이 아닌가.
훑어보니 일요일이라 사복을 입고 있지만, 고딩인 것이 분명했다.
애들인 것을 알았지만, 황금 같은 일요일 날 괜히 일 만들고 기분 잡
치기는 싫어서 말없이 담배 3개비를 줬다. 내가 호의를 베풀었으면 거
기까지만 했으면 좋았을 텐데, 제일 덩치 큰 한 놈이 선을 넘었다.

"형, 저희가 지금 지갑을 모두 안 갖고 와서 그런데 던힐 2갑만 사주

시면 안 될까요?”

그놈이 만 원짜리 한 장을 주며, 내게 말한 것이다. 어린 놈들이라 낯선 사람 무서운 줄 모른다.

한순간에 이성의 끈을 놓칠 뻔했으나, 곧 나올 아내와 딸을 생각하며 최대한 흥분하지 않고 말했다.

“학생, 내가 좀 어려 보이나 본데, 나 30대야. 그냥 갈게.”

하… 평일에는 항상 머리를 이대팔로 바짝 올린 모습으로 정장을 입고 출퇴근하기에 학생들이 말 거는 일이 없다. 오늘처럼 추리닝만 입고 머리를 내리면 내가 그렇게 어려 보이나?

다시 차로 가고 있는 내 뒤통수에서 수군대는 놈들의 말소리가 들린다.

“야, 우리한테 쫄아서 담배도 주는 형인데, 그냥 보내게?”
“그런가? 다시 불러 봐.”
“오바야. 30살도 넘었다는데, 오바지.”
“알았어. 그럼, 민증 보고 진짜 30살 넘었나 볼까?”
“가능?”

요즘 애들은 정말 개념이 없네. 그렇다고 얘네와 주먹다짐할 생각은 전혀 없지만 괜히 말이라도 걸어봤다.

"야, 너네 셋 중에 싸움 누가 제일 잘하나?"

뜬금없는 내 질문에 셋이서 서로 곁눈질을 한다. 뭐야, 이 질문 하나에 계속 서로 눈치만 보고 있네?

"하핫. 뭐야, 너네 싸움 안 해봤어?"

내가 웃으며 다시금 물어보자, 이내 두 놈이 제일 덩치 크고 인상 더러운 놈을 가리킨다.

"얘예요."
"좋아, 너 학교에서 싸움 몇 번 해봤냐?"
"... 한 2번 정도요."
"여태까지?"
"네."

싸움 2번밖에 안 해본 놈이 어른한테 담배 사달라는 말을 하다니, 참... 요즘 애들 깡만 좋다.

"야, 나 때는 말이야. 일주일에 2번 정도 싸웠어. 아, 그건 자주 있는 건 아니고, 한 달에 두세 번은 싸웠나 보다. 길 가다가 다른 학교랑 싸우기도 하고. 근데 너넨 다른 학교 애들이랑 싸운 적은 있냐? 아 싸움한 적 별로 없댔지? 이거 봐. 참 요즘 애들은 낭만이 없어요. 낭만이. 지들끼리는 제대로 싸우지도 않고 맨날 어른들한테 대들기나 하고, 안 그래?"

나는 그냥 웃으면서 말했는데, 얘네는 대답은 안 하고 서로 얼굴만 쳐다보고 있다.

그 적막 속에서 잠시 옛날 생각이 났다. 우리 때는 또래끼리 치고받고 많이 싸웠어도 어른들 무서운 줄은 알았던 것 같다는 생각을 할 때, 내 딸 서연이가 나를 불렀다.

"아빠! 가자!"
"그래~"

벙쩌있는 남자애들을 내버려두고 딸에게 뛰어갔다.
내 아내와 딸이 차에 탈 수 있도록 문을 열어주며 아까 그 애들을 봤다.
아내와 딸을 차에 태우는 내 모습을 보고 뭔가 주저하는 듯한 애들이 이내 자리를 뜬다.

탁.

"아씨, 오빠 담배 언제 끊을 거야?"
"알았어, 여보 둘째 생기면 꼭 금연 성공할게!"
차에 타자마자, 아내가 또 담배 피운다고 잔소리를 한다.

"오빠, 방금 동네 꼬마들한테 꼰대 짓했지?

"꼬마라니, 쟤네들이 어딜 봐서 꼬마야, 다 컸는데. 그리고 꼰대 짓은 무슨! 저 애들이 가만히 있는 나한테 먼저 말 걸었어!"

"그렇다고 무슨 설교를 그렇게 오래 해. 그게 다 꼰대가 되어가는 과정이 되는거야~"

꼰대라니... 세상 억울했지만, 변론 펼치느라 심력을 쏟고 싶지 않아서 겨우 참았다.

이 좋은 날, 아침부터 기분 망치면 안 되니까.

연애 3년, 결혼 5년 차, 아내와 딸과 함께 대형마트에서 카트를 끌며 장 보는 시간은 더할 나위 없이 행복하다.

내가 큰 부자는 아니지만, 우리 세 식구가 먹고 싶은 것을 다 살 때는 재벌 2세 부럽지 않다.

돈 아끼려고 먹고 싶은 것을 참지 않는 현실에도 소소한 만족감을 느끼게 된다.

그렇게 평화롭고 행복한 휴일을 즐겼다.

일요일은 정말 눈 깜짝할 새에 지나간다. 월요일도 바쁘기에 정신없이 시간이 흐른다.

오늘도 정시 퇴근, 퇴근은 항상 칼퇴근이다. 빨리 집에 가서 가족들과 맛있는 저녁을 먹고 싶기 때문이다.

일주일에 3번은 저녁을 먹고 체육관에 간다. 2년 전 갑자기 왼쪽 가슴에 통증이 가끔씩 와서 병원을 갔었다. 검사 결과, 다행히 크게 문제는 없었다. 혹시라도 심혈관질환이었으면 어떡하나 걱정도 됐고, 갈수록 배도 나오기에 어렸을 때 했던 운동을 다시 시작한 지 벌써 2년이 다 되어간다. 항상 바쁘게 살다 보니, 운동 부족으로 살았던 것 같다. 지금은 몸도 다시 어느 정도 좋아지고, 왼쪽 가슴 통증도 사라졌다.

집에 가려고 사무실을 나오는 순간, 반평생 지기 친구에게서 전화가 왔다.

다음 달에 후배 한철이가 결혼을 해서 앞풀이를 한다는 연락이다. 나한테 미리 연락한다고 생각만 하고, 깜빡하고 있다가 이제 전화했다고 한다.

이런.. 급히 아내에게 전화를 해서 이 사실을 알렸다.

"오, 진짜? 그래도 돼?"

웬일이지, 아내가 오랜만에 친구들 만나는데 술 먹고 싶은 만큼 먹고 천천히 들어오라고 한다.

그래도 12시 전에는 들어가는 게 좋겠지. 사실 그 시간 이후까지 술 먹고 싶은 마음도 이제는 없다.

친구들이 있는 딩코 특실 3번 룸으로 갔다.

드르륵.

정말 오랜만에 보는 친구들이다. 괜히 어색하군.

"왐마, 이 새끼 왜 이렇게 늦게 와! 옛날부터 지가 주인공인 척할라고 늦는다니까?"

친구들 중에 제일 덩치가 큰 명규가 나를 보자마자 소리쳤다.
나이 먹으며 살찌면서도 계속 운동하여 남부럽지 않은 근육 돼지가 되었다.

"아, 미안미안~ 퇴근하자마자 온 거야. 하하."
"거봐, 저 새끼는 결혼하면 안 온다고 했잖아. 내가 진작부터."

사과하는 내게 약간 억울한 인상을 가진 중필이가 면박을 줬다.

"야, 됐어, 오늘 왔잖아. 너나 잘 와. 너나.
계속 궁시렁대는 중필이에게 조상이 형이 한마디 했다.

"형, 안녕하세요. 오! 형도 오셨어요? 안녕하세요. 앗, 형 오랜만이네요. 야~ 창수 오랜만이다. 와~ 너도 왜 이렇게 몸이 커졌어? 어, 왔어?"

제일 늦게 온 내가 먼저 할 일은 먼저 온 형들과 친구들, 후배들에게 인사부터 하는 것이다.

"이야~ 한철아, 축하한다. 제수씨도 엄청 예쁘더만! 복 받았네. 행복하게 잘 살아라. 결혼식 날 꼭 갈게."

"감사합니다. 형님, 많이 드십쇼. 형님."

"한철아, 이제는 말 편하게 하라니까. 난 괜찮아."

"전 이게 편합니다. 형님."

그리고 마지막으로 오늘의 진짜 주인공인 후배 한철이를 안으며 축하를 하고 자리에 앉았다.

나야 이제는 평범한 직장인이지만, 한철이는 아직도 선배들에게 깍듯했다.

"자, 오늘도 우리 청천의 밤에 함께해 준 제 소중한 형님들, 친구님들, 아우님들 모두 감사합니다. 건국적으로 한잔합시다~"

어렸을 때부터 나대기를 좋아하던 창수가 또 나선다. 모이기만 하면, 어떤 이유이건 상관없이 항상 청천의 밤을 갖다 붙인다.

"옛날에 나랑 이 새끼, 그리고 저 새끼랑 삼광이였잖아. 셋 다 미쳤었다고."

내가 오기 전부터 술을 먹어서인지 벌써 술기운이 올라온 명규가 나를 손가락질하며 후배에게 얘기하고 있다.

나는 괜히 오그라드는 마음이 들어 대화에 끼어들지는 않았다.

"와... 그때 존나 씩겁했거든? 씨바, 거기 효성동 주차장 알지? 거기서 5명이 시비 턴 거야. 효장고 찌끄래기들이. 우리 2명이서 이건 졋댔다! 그렇다고 뭐 발리진 않더라도, 다구리 맞을 수도 있으니까, 살짝 망설이고 있는데, 근데 수혁이가 와땀마 뒤에서 갑자기 달려와서 날라차기를 팍! 하는 거야. 앞에서 나대던 새끼가 빡 맞고 진짜 뻥 안치고, 저 멀리, 그니까 지금 여기서 저기 벽 보이지? 저기까지 날라가서 봉고차에 처박히드라고. 저 새끼가 지금 보이긴 저래도 깡 하나는 뎨지거든."

"와~ 장난 아니네. 그땐 쫌 쩔었지. 옛날얘기 개아련하네."

명규는 점점 흥분해서 손짓발짓하며 온몸으로 과거 얘기를 했다.
낄낄대면서 내 얘기를 하길래, 신경이 쓰이기는 해서 듣고는 있었다.

"얘네들 셨네. 셨어. 닥치고 술이나 마셔."

소싯적에 동네에서 싸움으로 유명했던 자광이 형이 하찮다는 듯 말을 끊었다.
어릴 적 골목대장 신자광, 이 형이 옛날에 했던 말이 생각난다. 지금은 흑역사가 되었지만 우리끼리 하던 유행어다.
자광이 형은 싸움이 끝나면 항상 하는 말이 있었다.
"놈 자에 미칠 광, 그게 바로 나다."
그리고 자기 사람을 도와주면 하는 말이 있었다.
"사람 자에 빛 광, 그게 바로 나다."

라는 명언을 수시로 날렸던 형이다. 겁이라는 감정이 결여되어 있는 듯한 깡, 압도적인 전투력.

그런 그가 난데없이 부사관으로 임관했을 때, 전쟁병기 탄생이냐고 놀렸었다.

형들 중에 나랑 제일 친한 형이기도 하다.

그때 어디선가 또 내 얘기가 들려왔다.

"아뇨, 수혁이가 능력자지. 외모 되지, 결혼했지, 와이프 있지."

결혼했는데, 와이프가 없는 경우가 있나? 아, 있구나.

"신축 아파트 살지."

그중 반이 빚이다.

"돈 잘 벌지."

난 수입이 들쭉날쭉하다.

"딸 있지, 둘째도 생겼대매?"

그치 딸은 예쁘지, 어? 둘째?

"아니, 둘째 생각이 있다고 했지, 내가 언제 있다고 했었냐?"

"아, 그런가? 암튼 둘째 준비하는 것만 봐도 능력자지, 안 그려?"

신기하게 사람이 아무리 많아도 자기 얘기는 잘 들리기 마련이다.

아무튼 이들은 내 어릴 적 친구들 무리이다.

내 아내는 나와 연애할 때부터 내 친구들을 달가워하지 않았다.

몸에 문신하고, 욕 많이 하고, 무섭게 생겼다는 것이 이유였다.

결혼식 때도 계속 걱정된다고 했지만, 다행히 큰 사고 없이 잘 치를
수 있었다.

그래도 지금은 내 친구들이란 것을 인정해 주고 주기적으로 만날 수
는 있게 해준다.

부우우웅, 부우우웅

현재 시간 금요일 밤 9시, 고객으로부터 전화가 왔다.

받지 말까 망설였지만, 내일 만나기로 한 고객이기에 황급히 나가서
전화를 받았다.

"안녕하세요, 김향란 고객님!"

"네, 안녕하세요. 설계사님. 저희 엄마가 내일 2차 상담 받기로 했는
데요. 엄마가 내일 급한 일이 생겼다고 하시는데, 혹시... 죄송한데 지
금 상담 가능할까요?"

"네?"

당황함에 바로 대답을 하지 못하고 정적이 흐르자, 고객님이 다시금
급하게 말을 이어갔다.

"아, 제가 엄마랑 상의를 다 끝마쳐서요. 오셔서 사인만 받고 가시면 될 것 같은데..."

"아... 제가 지금 술을 좀 마셔서 오늘은 조금 힘들 것 같습니다. 내일 시간이 안 되시면 다음에 뵙겠습니다. 고객님, 급하게 하지 않으셔도 됩니다. 하하."

아무래도 술을 먹고 늦은 밤에 찾아가는 것은 예의가 아니기에 정중히 거절을 했다.

"근데 어머님이 내일 아침에 시골에 가시면 몇 달 동안 못 오시거든요."

내가 시골로 방문해도 된다고 할까, 요즘은 모바일 청약으로도 된다고 할까 생각 중이었다. 시골로 방문하는 것은 내가 힘들고, 모바일 청약을 하는 것은 연세가 많으신 분이 하기에는 힘들다.

"아! 그리고 암보험이랑 상속세 때문에 종신보험도 준비하신다고 하는데요?"

"네, 지금 바로 가겠습니다. 제가 시골로 방문드려서 계약 진행해도 되지만, 아무래도 따님이 같이 계셔서 함께 설명 들으시는 게 좋겠죠. 사무실에 들렀다가 바로 가겠습니다."

"네~ 천천히 오세요~"

방금 전화하신 분은 원래 알던 지인 고객이 아니다. 얼마 전 내 블로그를 통하여 상담했던 고객의 딸이다. 이 시간에 급히 만난다는 것이 찜찜했으나, 상속세 관련 종신보험 계약을 놓칠까 봐 수락하게 되었다. 상속세라는 타이틀이 붙으면 기본적으로 고액계약으로 이루어질 가능성이 높다. 종신보험은 보험업의 꽃이라 할 정도로 가치 있는 일임과 동시에 나에게도 큰 수익을 준다.

그래도 애들한테 인사는 하고 가야지.

드르륵.

"아이고, 형들, 그리고 애들아. 늦게 왔는데 먼저 가서 죄송합니다~ 지금 급하게 일이 생겨서..."

"수혁아, 왜 벌써 가. 모처럼 모였는데 더 놀다 가지."
"야, 됐어. 꺼져꺼져. 넌 섰다."
"와이프가 오라 하냐? 개잡혀 사네."
"결혼하더니 찐따처럼 구네, 진짜."

하나같이 터져 나오는 야유들... 하지만 어쩔 수 없다. 나도 내 밥줄이 걸린 문제라...

"아니아니, 정말 그런 게 아니고 일 때문에 사정이 생겨서 그래. 나도

먹고 살아야지. 그 대신 다음에 한 번 쏠게. 형들 죄송합니다. 다음에
뵙겠습니다.”

“어~ 수혁아. 뭐 어쩔 수 없지. 어여 들어가~”

우리 모임에서 가장 몸이 크고 성격 좋은 방호 형이 나를 배웅해
줬다.

\* \* \*

다행히 술을 몇 잔 안 먹었기에 입에서 술 냄새가 나진 않는 것 같다.
왠지 오늘따라 사무실로 가는 복도가 암울하게 느껴진다. 아니, 으
스스하다고 한 것 같기도 하고.
아, 아까도 왔었지? 매일 아침 9시 30분에 오다가 밤 9시 30분에 오
니까 이질감이 느껴지는 것인가?

비밀번호를 누르려고 하는데... 문이 살짝 열려 있다.
난 분명 아까 나오는 길에 문을 닫고 왔는데? 아닌가?
내가 술 먹으러 간다고 빨리 나와서 깜빡하고 문을 제대로 안 닫았
나?

나도 모르게 긴장하며 조심스럽게 문을 열었다.
내 사무실 문을 열면서 이렇게 어색한 적은 처음이다.

끼릭, 탁.

문이 열리다 무언가에 걸렸다.

반쯤 열린 문으로 들어서서 뭐가 걸렸나 봤더니, 처음 보는 종이가방 하나가 있었다.

이게 뭐지? 여기는 나 혼자 쓰는 사무실이다. 나와 내 아내 이외에는 그 누구도 비밀번호를 알지 못한다.

내가 놓은 것은 아니다. 그럼, 대체 누가 이걸 여기다 놨지?

나는 현관문 앞에 쪼그려 앉아 종이가방을 살펴봤다.

작은 종이가방 안에는 5만 원권 현금 뭉치가 들어있었다.

이건...! 사랑스러운 내 아내가 무슨 꿍꿍이인지 모르는 이벤트를 준비했나 보다. 하하.

"아~ 뭐야? 온유야, 이벤트야? 하하. 깜짝 놀랐잖아~ 돈을 왜 이렇게 많이 준비했…"

사무실 안으로 들어서던 나는 더 이상 말을 잇지 못하고 시간이 멈춘 듯 서있었다.

"누구세요?"

모르는 남자가 땅바닥에 엎드려서 누워있었다.

바닥에는 피가 홍건했다. 그 피는 남자의 배에서 나온 듯이 옷의 배

부분이 새빨갛게 물들어 있었다.

"와씨, 깜짝이야."

전혀 예상도 못 한 상황에서 이런 일을 마주하자, 놀라지 않을 수 없었다.
혹시 몰라서 한쪽 무릎을 꿇고 앉아서 살살 흔들었다.
"저기요, 저기요."
전혀 반응이 없다. 이 사람이 왜 여기에 쓰러져 있는지는 모르겠지만, 일단 119에 전화해서 응급실로 보내야겠다.
아니다. 112에 먼저 신고를 해야겠다.
내 핸드폰을 꺼내서 112 숫자를 누르는 순간, 갑자기 벨소리가 크게 울리며 전화가 왔다.
숫자를 다 입력하고 통화버튼을 누르려고 할 때, 전화가 왔기에 무의식중에 바로 받았다.

"악, 씨바 개놀랐네. 뭐야 이거."
너무 놀라서 입에서 순간 비속어가 나왔다. 나한테 전화한 사람은 졸지에 전화를 받자마자 욕설을 들었을 것이다.

"여보세요. 누구세요."
내가 다시 입을 열었다.

"안녕하세요. 한수혁 씨, 지금은 이것저것 설명해 줄 시간 없습니다. 일단 종이가방 챙기고 도망가세요. 지금 경찰이 그쪽으로 가고 있습니다."

웬 개소리야. 낯선 남자가 이상한 소리를 하고 있다.

"누구세요?"
"한수혁 씨를 도와드리려는 사람입니다. 빨리 나오세요."

뭐냐, 이거? 당황함에 계속 상황 파악이 안 되다가 이제야 머리가 돌아간다.
영화나 웹툰에서 많이 보던 장면인데?
나... 음모에 휘말린 건가...?

"한수혁 씨, 지금 꾸물거릴 시간이 없습니다. 정신 차리세요!"
"아니, 내가 죽인 것도 아닌데, 다짜고짜 왜 도망가라는 거죠? 그냥 경찰에 신고하려고요. 그냥 내가 최초 목격자인 거잖아요."

난 떳떳하고 당당하다. 방금까지 술 먹다가 왔다. 알리바이는 충분하다. 그렇기에 지금 당장 내가 신고를 할 수도 있다.

"그게 그놈들 방식입니다. 이런 식으로 살인을 뒤집어씌우는 거예요. 지금 한수혁 씨 사무실에는 한수혁 씨 지문만 남아 있습니다."

"나 방금까지 술 먹다 왔는데요?"

"지금 온 증거가 한수혁 씨를 가리키고 있을 겁니다."

"방금 갔던 술집에 CCTV 기록이 다 남아 있겠죠. 증인도 많고요."

"그놈들은 사망시각을 그 이전으로 조작할 겁니다. 말 좀 들으세요!"

"내가 하지도 않았는데, 괜히 도망갔다가 일만 더 커질 것 같은데요?"

"지금 한수혁 씨가 하지 않았어도 그건 당신과 나만 아는 사실입니다. 아뇨, 증거와 정황이 그렇다고! 후... 경찰에 잡히고 싶으시면 그냥 잡히세요. 전 잡혀도 상관없습니다. 아마 살인 누명 쓰고 처자식이 살인자 남편, 살인자 아빠 소리를 평생 듣게 되겠죠."

혹시라도, 만에 하나 정말 그럴 가능성이 조금이라도 있다면 나는 제정신으로 살지 못할 것 같다.

내가 세상에서 제일 사랑하는 아내 온유와 내가 그다음으로 제일 사랑하는 내 딸 서연이.

누군지도 모르는 사람들한테 손가락질받고 살게 할 수는 없다.

그 무엇보다 그 둘마저 나를 살인자로 오해한다면? 내가 죽더라도 그렇게 되어서는 안 된다.

"아니, 근데 당신 왜 승질이야? 너 같으면 믿겠어?!"

생각해보니, 얼굴도 모르는 사람이 내게 버럭 화를 낸 것에 대해 기분이 몹시 상해 나도 언성을 좀 높였다. 그러자, 수화기 너머의 그가 아까와는 다르게 차분히 대답했다.

"경찰이 어떻게 알고 바로 한수혁 씨 사무실로 갈까요? 그놈들이 현장과 증거를 조작해 놓고 경찰을 유도한 것입니다."

"그럼, 그쪽은 어떻게 알고 나한테 전화했죠?"

"저 역시 그놈들에게 당한 사람입니다. 그 후에 계속 그놈들을 추적하다가 한수혁 씨를 알게 되었습니다. 한수혁 씨도 저와 같은 처지가 되게 하고 싶지 않네요. 이제 진짜 시간이 없습니다. 경찰에게 순순히 잡히고, 누군가 조작해 놓은 살인 누명에 순순히 걸리겠습니까?"

"잠시만요. 5초만 생각해볼게요."

모든 증거가 조작되었다고 가정했을 때, 여기에 있으면 내가 내 발로 잡히는 것이다. 난 아니라고 억울하다고 호소해 봤자 억울할 뿐이다. 그 안에 갇히면 아무것도 할 수 없이 당하기만 하는 입장이 될 것이 뻔하다. 그럼, 누명을 벗을 확률이 더 낮아진다. 일단 이 상황을 벗어나서 그 후에 어떻게 되는지 살피는 것이 더 현명할 수도 있다는 생각을 했다.

영화나 드라마를 봐도 이런 식으로 누명을 쓰지 않던가.

"한수혁 씨... 한수혁 씨, 한수혁 씨!"

내가 생각하는 동안 상대방이 나를 몇 번 불렀는지는 모르겠다. 마지막에 악을 쓰는 상대방의 목소리에 정신이 퍼뜩 들었다. 앞으로의 상황에 대한 만반의 준비를 하고 나가야 할 것 같다.


"알겠어요. 급하게 챙길 것 좀 챙기고요."
"챙길 시간이 없습니다! 경찰들이 지금 건물 1층에 도착했다고요!"
"네, 잠시만요."


평소에 메고 다니는 백팩에 돈이 들어있는 종이가방을 재빨리 넣었다.
그리고 핸드폰 충전기, 보조배터리, 선글라스를 가방 앞쪽 주머니에 넣었다.
뛰어서 화장실에 가서 칫솔, 치약, 폼클렌징, 헤어왁스, 휴대용 올인원 로션을 세면 백에 담고 가방에 넣었다.
마지막으로 가방의 빈 공간에 초콜릿, 빵, 에너지바를 넣어 꽉 채웠다.
가방 문을 잠그고, 밖으로 뛰어나가려다가 멈칫했다. 뭔가 중요한 것을 놓친 것 같은...
아, 태블릿 PC! 빵을 몇 개 빠르게 빼고 태블릿 PC를 가방에 넣었다.


"한수혁 씨, 경찰들이 엘리베이터에서 내렸습니다. 지금 이 상황에 뭘 그렇게 많이 챙기는 거예요?!"
"아니, 그럼, 빈손으로 몸만 나가라고요? 다 챙겼어요. 지금 나가요."


쾅.

이게 맞는 건지 모르겠지만, 나는 일단 나왔다.

내 사무실은 오피스텔 1403호, 복도 끝 쪽이다. 엘리베이터는 복도 중앙에서 코너를 돌면 있다.

복도를 걸어가고 있는데, 엘리베이터가 있는 중앙에서 우락부락한 남자 두 명이 나타났다.

두근.

그들을 보자마자 한순간에 경찰임이 느껴졌다. 서로의 거리가 가까 워질수록 그 짧은 순간에 등에 땀이 흠뻑 젖었다.

한 걸음, 한 걸음이... 내가 끝내 뛰지 못한 번지점프를 향해 가는 걸 음만큼 힘겨웠다.

서로가 일곱 걸음 정도 남았을 때, 갑자기 오른쪽에 있는 조금 더 젊 은 남자가 오른손으로 삼단봉을 꺼내며 외쳤다.

"경찰이다! 꼼짝 마!"

잠시 서로를 쳐다봤다.

뒤로는 도망갈 곳이 없다. 이 둘 사이로 있는 힘껏 뛰어서 뚫고 지나 가야 한다.

각오를 다지며 뒷발에 힘을 주는 순간, 왼쪽에 있는 중년 남자가 오 른쪽에 있는 남자의 손을 살며시 내렸다.

나는 그 상황을 순간적으로 판단한 다음 입을 열었다. 아니, 사실 생각할 시간 없이 무의식중에 입에서 흘러나온 말 같다.


"깜짝 놀랐잖아요. 무슨 일이세요?"


경찰의 포스에 눌려 양손을 들 뻔했다. 그만큼 놀랐지만, 최선을 다해 너스레를 떨며 말을 걸었다.


"아닙니다. 신고가 들어와서 와봤습니다."
"아, 네 수고하세요. 빨리 퇴근이나 해야겠다~"


두 남자를 지나쳐간다. 나의 온 신경이 내 등 뒤에 집중된다. 뒤에서 갑자기 나에게 온다면? 복부에 뒤돌려차기를 차고 도망갈지, 바로 도망갈지를 저울질해 봤다.


뚜벅 뚜벅 뚜벅.


엘리베이터를 향해 가는 내가 복도를 벗어나기 직전, 그 둘의 발걸음이 멈췄다. 뒤를 돌아보고 싶은 생각이 솟구쳤다.
그때 벼락과도 같은 목소리가 복도를 꽉 채웠다.


"1403호!"


나도 모르게 뒤를 돌아봤다.

아까 지나친 그 중년 남자가 나를 향해 눈에 핏대를 세우고 노려보며 소리치는 것이 아닌가.

떵동. 떵동.

그 와중에 그 옆의 젊은 남자는 1403호의 벨을 누르고 있었다.
중년의 남자가 한 마리의 맹수처럼 뛰자, 젊은 남자도 그를 따라 뛰었다.
나를 향해.
변명할 새도 없고, 그럴 정신도 없었다.
내 입이 난 아니라고 말을 하기도 전에, 내 발이 내 의지를 무시하고 뛰어나갔다.

나는 숨을 훅 들이마시고, 엘리베이터를 지나 계단으로 가는 문을 열었다.
저 두 남자가 타고 온 엘리베이터는 올라가고 있는 것을 지나치면서 봤기 때문이다.

쾅!

난 요즘 출근시간에 약간씩 늦게 나와서 전철이 도착했을 때마다 빠르게 내려가기 위해 계단을 두 개씩 뛰어 내려간다. 그렇게 훈련된 계단 두 개 뛰기로 정신없이 계속 뛰었다.

위에서는 "거기 서!"라는 외침이 메아리치듯 계속 울려왔다.

쿵 쿵 쿵 쿵

뛰면서 생각해봤다. 이 건물은 계단이 두 곳이고, 엘리베이터가 4대
있다.
엘리베이터는 건물의 중앙에 있고, 왼쪽 복도 앞과 오른쪽 복도 앞
에 계단이 각각 있다.

두 개 층을 뛰어 내려온 나는 계단에서 나가는 문을 열고 엘리베이
터 쪽으로 나왔다.

쾅!

나오자마자 옆 계단 길로 달리면서 엘리베이터를 빠르게 한 번 훑어
봤다.

내가 있는 곳은 현재 12층.
엘리베이터가 있는 위치는 현재 1층, 5층, 18층, 마지막 한 대는 12
층...에서 방금 11층에 멈췄다.

이 생각을 하는 동안 어느새 나는 반대편 계단을 통해 11층으로 내
려가고 있었다.

쾅!

제발... 타이밍이 내 생각대로 맞기를 바라며…

11층 엘리베이터 앞에 도착하자, 막 문이 닫히기 시작했다. 나는 재빠르게 가방을 벗으며 몸을 세로로 엘리베이터에 넣었다. 휴, 세이브다.

엘리베이터에는 왜소한 여자 한 명이 타고 있었다. 그리고 1층 버튼이 눌러져 있었다.

가만... 내가 차를 어디다 주차해 놓았더라? 지하 1층인지, 1층인지 헷갈린다.

오랜만에 느껴지는 긴장감에 손이 살살 떨려온다. 머릿속이 새하얗게 된 기분이었다.

엘리베이터가 1층에 도착하기 전에 빨리 생각해야 한다.

요즘 며칠째 차를 쓸 일이 없어서 도무지 기억이 나지 않지만, 왠지 지하 1층일 것 같다.

B1 버튼을 눌렀다.

그런데 혹시 지하 1층에 차가 없다면...? 다시 1층으로 걸어 나오다가 아까 그 형사들한테 덜미를 잡힐 것 같다.

1층에서 내려야겠다. 1층에 차가 없으면 그냥 그대로 전철을 타고 가야겠다는 생각을 하고 1층에서 내렸다.

땅.

문이 열리고 무의식중에 걸어 나가다가 정신이 번쩍 들었다.

이런... 내가 여유 부릴 때가 아니지.

다시 달리기 시작했는데, 저 멀리 문 앞에 두 명의 남자가 눈에 들어왔다.

아까 저 위에도 2인 1조의 형사가 있었는데, 저 두 명도 2인 1조의 형사인 느낌이 확 왔다.

더욱이 위에서 얼굴과 분위기만 보고 형사임을 느꼈던 내 촉이 방금전에 맞았기에 내 감을 또 믿었다.

문과 가까운 남자가 나와 눈이 마주쳤다. 하지만 내 얼굴을 알 리가 없지, 아닌가? 위에서 무전 쳤을려나?

한 명은 핸드폰을 보고 있고, 다른 한 명은 내가 가까워지자 "어?" 이러면서 오른손을 드는 것이 나를 제지하려고 하는 것 같다.

고민할 새도 없이, 깊이 생각할 틈도 없이, 거침없이 달리는 속도 그대로 어깨로 밀어버리고 주차장 쪽으로 달렸다.

슈웅~ 퍽.

"뭐야? 야, 괜찮냐? 시발, 저 새끼가 미쳤나?"

뒤를 힐끔 보니 핸드폰을 보고 있던 형사가 넘어진 형사를 일으켜 세우고 나서 나를 쫓아왔다.

그래도 넘어진 형사를 부축하느라 한참 늦게 출발한 것 같다.


제발, 1층에 내 차가 있어라!
허리춤에서 차 키를 빼고 버튼을 계속 누르면서 달려갔다.


삐빅.


오케이. 다행이다. 나는 가방을 벗으며 달려가서 차 문을 열자마자
가방을 보조석으로 던졌다.
그리고 문을 닫자마자 바로 문을 잠그고, 시동을 걸었다.


부릉.


하아... 한숨 돌렸다. 차를 빼려고 하는데, 그새 나를 쫓아온 두 남자
가 차창을 두드렸다.


"야이, 개새끼야, 문 열어라. 좋은 말로 할 때 문 열어라."
난 본 척도 안 하고 그대로 액셀을 밟았다.
"어어? 이 시발새끼가, 돌멩이 갖고 와."


점점 멀어지는 두 남자, 그런데 아까 그 왜소한 여자애는 왜 핸드폰
으로 내 차를 사진 찍는 거지?

제2장

도망자

큰길로 나오자 이제야 한숨을 돌리게 되었다.

왼손으로 운전하면서 오른손으로 차에 있는 생수를 벌컥벌컥 들이 켰다.

한숨을 돌릴 새도 없이, 생각을 정리할 틈도 없이 전화가 왔다.

아까 통화한 나를 도와준다는 말을 한 사람이었다.


"여보세요."

"네, 잘 빠져나오셔서 다행입니다. 지금 문자로 주소를 보내 드리겠 습니다. 일단 그쪽으로 가시죠."

"거기가 어딘데요? 왜 가라는 거죠?"


밑도 끝도 없이 다짜고짜 어디로 오라는 건가.

내가 아무리 지금 이런 상황이라고 해도, 제대로 된 설명도 못 들은 채 오라면 오고 가라면 가기는 싫다.

"물품보관함에 한수혁 씨의 누명을 벗길 수 있는 USB와 핸드폰이 들어있습니다. 한수혁 씨 핸드폰은 빠른 시간 안에 위치 추적을 당할 겁니다. 지금부터는 물품보관함에 있는 핸드폰을 쓰시면 됩니다."

"USB 안에는 뭐가 들어있죠?"

"저희 멤버 중 한 명이 한수혁 씨 증거 말고도 그 안에 그놈들이 벌인 각종 범죄에 대한 자료를 모아 놨다고 합니다. 그 멤버는 현재 위험한 상황이라 잠시 몸을 숨겼고요. 몸을 숨기기 전에 그쪽에 보관했다고 합니다."

"흠…"

"그놈들은 아직 한수혁 씨 얼굴을 모릅니다."

"네, 문자로 주소 보내시죠."

주소를 내비게이션에 찍어보니 가까웠다. 차로 10분 거리에 있는 오 피스텔이었다.

1층에 무인보관함이 있었고, 호수와 비밀번호도 문자로 받았다.

혹시 모를 사태에 쉽게 도주하기 위해 오피스텔 지하주차장에 가지 않고 건물 앞 도로변에 불법 주차했다.

무인보관함에 가서 핸드폰 문자를 보며 지정된 보관함 문을 열었다.

별다른 포장이 되지 않은 핸드폰 하나와 USB 하나가 덩그러니 놓여 있었다.

물건을 바로 주머니에 넣으면서, 나는 행여나 누구한테 들킬까 봐 주변을 한 바퀴 둘러봤다.

그러다가 나를 쳐다보고 있는 정장을 입은 덩치와 눈이 마주쳤다.

"어이, 거기, 방금 뭐 꺼냈는지 좀 봅시다."

"왜요?"

"우리가 뭐 찾고 있는 게 있어서 그래."

우리가? 저 멀리서 담배를 피우던 정장을 입은 남자 한 명이 더 다가온다.

일단 위협적인 말투가 거부감이 들었다.

덩치 한 명만으로도 부담스러운데, 덩치가 둘이다. 절로 목에 침이 삼켜졌다.

"인터넷으로 산 거 꺼낸 거예요. 수고하세요."

내가 뒤돌아서 가려고 하자, 그 덩치가 내 어깨를 움켜쥐었다.

"쫌 보자니까?"

"싫다니까?"

내가 그 손을 뿌리치며 싫다고 대답하자, 덩치의 손이 내 멱살을 향해 왔다. 나는 재빨리 뒤로 한 발 물러서며 오른손으로 덩치의 손을 쳐

냈다. 아마 유도를 배운 것 같다.

뒤로 물러선 나는 그대로 가드를 올리고 스탭을 밟았다.

대치 상황이 되기까지의 시간 동안 담배를 피우던 또 다른 덩치가 내 앞으로 다가왔다.

덩치 두 명과 대치 상황이 된 것이다.

와... 이게 될까? 체급 차이도 나는데 숫자도 둘이다. 내가 이 덩치 두 명을 상대할 수 있을까?

아무리 생각해도 답이 없다. 그렇지만 아까 형사들과 마주쳤을 때보다는 낫다. 형사들에게는 맞서 싸운다는 생각 자체를 못했다. 보자마자 본능적으로 도망치기에 바빴다.

잠깐만? 내가 굳이 이들과 싸울 필요가 없다는 깨달음을 얻었다. 내가 덩치 두 명과 2:1로 싸워서 이기면 어쩔 거고 지면 어쩔 건가? 아니, 애초에 이들과 싸워서 이길 필요가 뭐가 있지?

이 생각을 하자마자, 발차기를 하려는 듯 페이크를 한 번 주고 바로 뒤로 뛰었다.

차를 향해 뛰어가면서 뒤를 봤더니 덩치들은 형사들보다 느렸다.

1층 찻길에 주차해 놓길 잘했다. 바로 차를 타고 무작정 액셀을 밟았다.

갑자기 한순간에 경찰한테 쫓기고, 깡패한테 쫓겼다. 학창시절 이후로 누구한테 도망쳐본 적은 처음이다. 대학 졸업하고 첫 직장을 다녔을 때부터 누군가와 주먹다짐을 한 적이 없다.

내가 무슨 잘못을 했길래 이런 상황에 놓였는지 전혀 이해가 가지 않았다. 이런 상황 자체가 실감이 나지 않았다. 의미 없이 큰길이 난 방향으로 직진을 하고 있는데, 나를 도와준다는 사람으로부터 또 전화가 왔다.

"USB는 잘 찾으셨습니까?"

"찾긴 찾았는데, 덩치 2명은 누구죠?"

"아... 저희 팀원을 쫓던 놈들 같습니다. 그놈들이 거기서 무작정 기다리고 있었나 보군요."

"다짜고짜 멱살을 잡힐 뻔했어요."

"그런 놈들입니다. 잘 빠져나오셔서 다행입니다. 제가 문자로 주소하나 더 보내 드리겠습니다. 오늘은 그곳에서 쉬시면 됩니다."

안가라고도 하고 아지트라고도 하는 그런 공간이 있나 보다. 결혼하고 나서 외박한 적이 한 번도 없는데, 이 와중에 아내가 걱정되었다. 내 집도 함부로 못 가는 신세라니…

내가 상념에 젖어 대답을 안 하고 있자, 그가 말을 이어나갔다.

"편하게 숨어 계실 수 있는 곳입니다. 밤이 늦었으니, 쉬시고 내일 움직이시는 게 좋을 것 같습니다."

"네, 고맙습니다. 그럼, 제가 지금 할 일이 하나 있어서 일단 어디 좀 들렀다가 갈게요."

"뭐라고요? 한수혁 씨, 무슨 할 일인지는 모르지만 지금 그게 중요한
게 아닙니다. 현장에는 온통 한수혁 씨 지문이 묻어 있고, 결정적으로
찌른 칼에도 한수혁 씨 지문이 묻어 있어요. 바로 오세요."

"원래 일정이 있어서 그래요. 금방 볼일 보고 갈게요."

"바로 오시라고, 했습니다."

"아, 시발. 당신이 내 상사도 아닌데 언제 봤다고 자꾸 지시를 하지?"

"…"

"지금 내 상황 때문에 받아주는 건데, 선 좀 넘지 마세요. 일단 주소
보내 놓으세요."

"알겠습니다. 한수혁 씨가 잡히면 한수혁 씨 인생도 끝이란 걸 아셔
야 합니다. 저희는 한수혁 씨 누명을 벗겨드리면서 복수를 할 생각이
고요. 최대한 서포트할 테니까 빨리 일 보고 이동 부탁드립니다."

아까도 이 생각했지만, 얼굴도 본 적 없는 사람이 전화로 계속 지시
를 하니까 짜증이 확 났다.

살인 누명 쓰게 생긴 것도 억울한데, 이런 일이 아니었다면 통화할
일도 없는 놈이 자꾸 명령조로 말하는 것 같은데?

"개빡치네."

입 밖으로 한마디를 내뱉으며, 핸드폰 내비게이션에 아까 상담하기
로 했던 고객님의 집주소를 찍었다.

"근데 잠깐, 저희라고? 한 놈이 아닌 건가...?"

- 안내를 시작합니다. -

종신보험 상속세 플랜은 자주 오지 않는 기회다. 제대로 계약까지 완료한다면 한 건으로 수백만 원 이상의 수익이 올 수 있다.

이 건수를 포기하고 바로 도망만 치기에는 가장으로써 내 책임감이 무거웠다.

내가 만약에 잘못되더라도 누적된 실적으로 인해 2년간은 꾸준히 수수료가 나올 것이다. 아마 내가 없더라도 250만 원 이상은 나올 것 같다. 매달 금액이 조금씩 줄긴 하겠지만... 아내 수익이랑 합치면 당분간은 서연이 키우는 데 크게 문제는 없을 거다.

내가 없이 혼자 돌보는 것은 힘들겠지만... 아니, 내가 지금 무슨 생각을 하는 거야?

무조건 해결하고, 가족의 곁으로 돌아가겠다. 반드시!

고객의 집 앞에 도착한 나는 전화를 걸었다.

뚜르르르 뚜르르르 뚜르르르...

"연결이 되지 않아 음성사서함으로 넘어가며 삐 소리 후 통화료가 부가됩니다."

어라?

뚜르르르 뚜르르르 뚜르르르...

또다시 신호음을 1분간 들은 뒤 음성사서함으로 넘어가는 기계음이 들려왔다.
당황한 나는 문자를 보내 봤다.

[안녕하세요, 김향란 고객님~ 아까 전화주셔서 지금 집 앞에 도착했습니다 ^^ 나오기 귀찮으시면 어머님과 함께 집에서 상담받으셔도 되고, 집에서 뵙기 불편하시면 이 앞에 커피숍에서 기다리겠습니다!]

5분이 지나도 답장이 오지 않는다.
전화를 한 번 더 걸어봤다.

뚜르르르 뚜르르

"지금 고객님께서 전화를 받을 수 없습니다. 다음에 다시 걸어주세요."

어? 이건 전화를 거절할 때 나오는 소리인데?
의도적으로 내 전화를 안 받은 것이다.

"와... 오늘 왜 이러냐. 하아..."

자동차 의자를 뒤로 젖히면서 내 입에서 무의식적인 말이 튀어나왔다.
옛날 같았으면 이런 상황에서 욕만 나왔을 텐데, 아내를 만나고 나서 성향이 많이 바뀌었다.
딸이 태어난 후부터 욕을 아예 안 하게 되었다.

오늘 왜 이러는지 생각하면서, 아까 있었던 일을 복기해 보았다.
지금 이때까지 정신이 없어서 한순간에 일어난 일로 느껴졌기에 생각을 정리하는 시간을 가졌다.
그러다 보니, 문득 이상한 생각이 들었다.

내 일의 특성상 모든 통화는 바로 녹음이 되도록 설정해 났다.
아까 고객과 통화한 내용을 들어보다가 이상한 점을 발견했다.
엄마라고 얘기하다가 저희 어머님이라고 말한 게 괜히 신경 쓰였다.
보통 자기 엄마를 엄마라고 계속 부르던 사람이 갑자기 어머님이라고 말하는 경우는 거의 않지 않나?
다른 단어라고 하면 순간적으로 실수했다고 생각할 수도 있는데, 평생을 엄마라고 부르던 것을 어머님이라고 부른다고?

나에게 도움을 준다는 사람과 했던 통화도 듣고 싶지만, 새로 받은 핸드폰은 녹음이 되지 않았다.

그리고 맨 처음 형사를 봤을 때는 경황이 없어서 미처 생각을 못 했지만, 왠지 나를 보자마자 알아본 것 같았다.

맞는 것 같다. 내 사무실 복도에서 나를 보자마자 손들라고 하지 않았나?

그랬더니, 그 옆의 중년 경찰이 제지를 했다.

이런 상황을 어떻게 받아들여야 하는 건지, 누군가 나를 갖고 노는 건지, 의심이 들기 시작했다.

띠링.

문자가 하나 왔다.

[한수혁 씨, 이 번호는 이제 위치 추적이 될지도 모르니 꺼주시기 바랍니다.]

그래야겠지. 영화나 드라마에서 많이 봤던 내용이다. 그래도 끄기 전에 아내한테 전화 한 통 해야겠다.

"어, 여보 나야."

"응, 술 많이 먹었어?"

"아니, 먹다가 나왔어. 나 지금 누명 쓴 것 같아."

"무슨 소리야? 무슨 누명?"

"살인 누명, 아까 경찰한테서 도망쳤어."

"여보, 괜찮아? 몸은 어때? 일단 경찰에 신고해서 사실대로 말해보
자."

"안돼, 지금 증거가 다 나로 조작됐다네."


떵동, 떵동.


그때 전화기 너머로 초인종 소리가 났다.

이 시간에 대체 누가 집에 온 거지? 내가 없는 집에 불청객이 찾아왔
다는 생각이 들자, 불안감이 엄습해 왔다.


쿵쿵쿵. "경찰입니다."


"오빠, 경찰이래..."

"잠시만, 열어주지 마. 온유야, 사랑한다. 서연이 잘 데리고 있어. 내
가 해결하고 금방 갈게. 사랑해."

"여보... 나도 사랑해."

"나 절대 이대로 누명 쓰지 않을 거야. 반드시 누명 풀어서 온유랑 서
연이 옆에서 한시도 안 떨어지고 평생 함께할 거야. 너무 걱정하지 마."

"흐흑... 알았어."

"누군지는 몰라도 나를 만만하게 본 것 같아. 누명 푸는 것뿐만 아니
라 반드시 복수할 거야. 이제 열어줘."

"응.."

달칵.

대화가 끝나고, 통화 종료를 누르려는 찰나 아내의 목소리가 멀리서 들려왔다. 촉이 이상해서 전화를 끊지 않고 들어봤다.

"무슨 일이시죠?"
"흠~ 남편은 어디 갔지?"
"아직 안 들어왔어요. 경찰이 이 시간에 무슨 일로 오셨죠?"
"음~ 아직 경찰이 안 왔나 보네?"
"네?"

무언가 잘못됐다.

"야! 너네 뭐야!!"

내가 있는 힘껏 소리쳤지만, 반응이 없었다. 그 순간 한 남성의 목소리가 다시 들려왔다.

"보자보자보자, 오~ 애기도 있네? 이 시간에 잘 자네? 그건 그렇고 남편한테 전화 한번 해봐. 그래도 마누라 전화는 받을 거 아냐."
"잠시만요."

뚝.

전화가 끊어졌다. 내 머릿속도 화면이 꺼진 것처럼 까매졌다. 안되겠다. 누명이고 나발이고, 당장 집으로 가야겠다.

띠리리, 띠리리

바로 전화가 다시 왔다.

"오빠, 지금 어떤 남자가 오빠한테 전화하래."
"알았어, 혹시 몇 명이야?"
"3명."
"바꿔줘."
"응.."

최대한 자극하지 않아야겠다. 내 아내만큼은 무사할 수 있기를…

"어, 한수혁 씨, 생각보다 잘 도망 다니네?"
"네, 누구십니까?"
"누군지 알면 뭐 하게, 뭐 서로 알고 지내게?"
"원하는 게 뭡니까?"
"그래 뭐, 피차 바쁘니까 본론만 말할게. 지금 자수하지 않으면 처자식 앞으로 못 볼 거다."

지금 자수하지 않으면 내 처자식이 해코지를 당한다.

지금 자수하면 앞으로 내 처자식 곁에 내가 있을 수 없다.

…

자수하는 것이 낫겠군.

"대답을 안 하네? 가족들이 무슨 일을 당해도 깜빵 가기는 싫다 이거냐? 와~ 이거 지만 아는 놈인가? 근데 사모님이 예쁘게 생기셨네~ 애기는 잘 자고 있고. 하하."

그 말을 끝으로 주변에 있는 다른 놈들의 웃음소리가 들린다.

빠직.

머리 한쪽에서 무언가 끊어지는 소리가 났다.

"야이 개 씨발놈들아. 내 와이프한테 손대면 넌 내가 씨발 기필코 잡아서 칼로 쑤신다. 잘 들어. 자수고 나발이고 지금 내가 당장 갈 테니까 기다리고 있어라. 어차피 한 명 죽이나 네 명 죽이나. 기다려라 이 개새끼들아."

띵동, 띵동,

"워워~ 왜 이렇게 급발진을 하고 그러시나, 잠깐, 누가 또 왔네."

쿵쿵. "경찰입니다."

진짜 경찰이 왔나 보다. 내가 살면서 경찰을 이렇게 반가워할 줄이야...

"한수혁 씨, 하루 안에 자수해~ 아니다. 그래도 하루는 주변 정리할 시간을 줘야겠지? 정확히 48시간 후에 다시 온다. 그 안에 자수해라. 오케이?"

그놈은 나에게 말하자마자 바로 내 아내에게 말했다.

"아내분, 이 칼 보이지? 우리 이대로 나갈 거니까, 경찰한테는 남편 친구들이라고 해. 안 그러면 이 칼로 경찰 담그고, 너도 오늘 죽는 거야."
"네..."

떨고 있는 아내의 목소리가 들렸다. 이런 상황에서 아무것도 해줄 수 없는 나의 무력함에 가슴이 찢어지는 듯했다. 아내에게 무슨 일이 생기는 것만은 막아야 했기에 있는 힘껏 소리쳤다.

"여보! 일단 시키는 대로 해!"

그러나 돌아오는 대답은 없었다.

핸드폰을 아무렇게나 놓은 것 같다.

그래도 작게나마 진행되는 상황이 대충 들렸다.

전화 내내 수화기 너머로 들려오는 간접적인 목소리로 인해 현재 상황이 계속 상상되었다. 그 상상이 나를 괴롭게 만들었다.

이번에 온 손님은 진짜 경찰이 맞았고, 아까 온 괴한들은 무사히 빠져나갔다.

경찰들은 아니나 다를까, 나에 대해 질문을 했다.

내 아내는 화장실에 갔다 온다며, 핸드폰을 들고 가서 내게 다시 이 상황에 대해 말했다.

"여보, 일단 방금 나간 사람들이 사실은 깡패들이라고 하고, 신변 보호 요청해. 그리고 나 누명 쓴 거라고 말해줘. 이제 이 번호로는 연락 못 할 것 같아. 내가 조만간 또 연락 할게. 너무 걱정하지 말고 있어. 사랑한다."

툭.

지금 이 상황이 서로에게 너무 힘든 상황인 것을 안다.

아내를 더 힘들게 하기 싫어서 이번에는 내 할 말만 하고 끊어버렸다.

평소 감정의 기복이 크지 않은 나에 비해 아내는 섬세하고 예민한 성격을 가졌다.

이런 큰 사건은 아마도 하루 종일 아내의 뇌를 지배할 것이다.

그리고 몸까지도 고통스럽게 만들 수도 있을 것이다.

아내가 나를 너무 걱정해서 몸과 마음이 크게 아프지 않았으면 좋겠다.


그리고 아까 나를 협박했던 놈. 그놈은 내가 무슨 일이 있어도 잡고 말리라.


하아... 내 생에 가장 힘든 통화시간이었다.


아직도 실감이 안 난다. 내가 이런 상황에 온 것이…

핸드폰 전원을 끄고 가방에 넣어 두자마자 술기운과 함께 피곤함이 몰려와 의자를 뒤로 젖히고 살짝 눈을 감았다. 핸드폰 끄면 안 되는데... 언제 나를 필요로 할 사람이 있을지 모르는데... 생각을 하다가...


…


띠리링, 띠리링.


깜빡 잠들었네.

새로 받은 핸드폰으로 전화가 와서 잠결에 바로 받았다.


"여보세요."

"볼 일은 다 보셨나요?"

여자 목소리다.

나를 도와주는 사람들도 여러 명이 맞는 것인가. 아까 저희라고 했던 것으로 봤을 때 한두 명이 아닐 수도 있을 거란 생각이 들었다.

"네, 차에서 깜빡 잠들었네요."

"한수혁 씨 입장에서 생각해봤을 때 지금 상황이 얼떨떨할 거란 것 잘 알아요. 저도 수혁 씨 같은 피해자예요. 자세한 사항은 내일 설명드릴게요. 오늘은 일단 문자로 보내 드린 주소로 가서 쉬세요. 거기에 쉬는 동안 필요한 건 다 준비되어 있어요."

"네."

일단 마음 편히 쉴 수 있는 곳에 가서 생각을 조금 더 해야겠다.

아까 알려준 주소를 내비에 찍었다.

- 안내를 시작합니다. -

"얼마나 걸리실까요?"

"30분 정도 걸리네요. 가면 누가 있나요?"

"아니요. 아무도 없어요. 건물 비밀번호 누르고 들어가시면 올라가는 계단 옆으로 창고 같은 문이 하나 있어요. 그쪽으로 들어가서 안에서 문을 잠그세요."

이런 말은 지금 귀에 안 들어온다.

"저기요. 그놈들 정확히 누구인지 아세요?"
"네?"
"아까 제 가족들을 인질로 삼을 뻔했어요."
"…"
"…"

분노를 최대한 꾹꾹 눌러 담으며 물어봤다.

"그 정도로 악독한 사람들이에요. 저도 당해봐서 알아요. 오늘은 푹
쉬시고, 내일 같이 계획을 세워봐요."
"그쪽은 어떻게 당했죠? 솔직히 말해서 지금 당신들도 확실히 믿을
수가 없겠네요. 오늘 전화 통화한 게 다니까요."
"저는… 그것도 내일 만나서 설명드릴…"
"잠시만요. 지금 음주단속을 하고 있는데요?"
"뭐라고요?"

이런… 난 아까 친구들과 술을 마신 상태다. 급하게 도주하느라, 생
각지도 못했다.
또다시 난관에 부딪히자 정신이 혼란스러웠다. 핸드폰 위치 추적이
걱정될 정도면 자동차도 수배되었을 수도 있다는 것이다.
여기서 이렇게 어이없게 잡히면 지금까지 이렇게 힘들었던 시간들

이 말짱 꽝이다.

"유턴해서 도망가는 게 나을까요. 빠르게 지나쳐서 도망가는 게 나을까요."
"자연스럽게 후 불고 지나가세요. 아직 차량 수배까지 잡히진 않았을 거예요."

???!!!

"어떻게 장담하죠? 그런데 그것보다는 제가 저녁에 술을 좀 먹었다는 게 문제예요. 시간이 좀 지나긴 했지만 불안하네요."
"술을 드셨다고요?! 어떡하죠?"
"도와준다고 장담해 놓고 그쪽이 당황하면 어쩌란 거예요."
"그러니까 왜 술을 드시고 운전대를 잡았어요? 왜 음주운전을 하냐고요."
"아니, 그럼, 살인 누명 쓰고 도망가는데 그걸 신경 쓸까요?"

옥신각신하는 사이에 경찰과 가까워졌다. 이미 유턴으로 도망가기는 불가능한 상황.
술을 먹은 지 벌써 세네 시간은 된 것 같다. 취할 때까지 먹은 것도 아니고 금방 나왔으니까 괜찮을 수도 있겠다.

"안녕하십니까, 음주단속 중입니다."

흐읍.

"방금 들이마시신 것 같은데, 후 불어 주십쇼."

이런 들켰다.

후읍.

"혈중 알코올 농도 0.04% 나오셨습니다. 차에서 내려주십시오."

이런 젠장, 여기서 내렸다가 신원조회라도 하면 살인 누명까지 지금
뒤집어쓴다.
바로 액셀을 밟아서 도망쳐야 한다. 그 순간 머릿속에서 번뜩이는
생각이 하나 났다.

"경찰관님, 잠시만요."
"빨리 내리십시오."

나는 조수석의 가방에 들어있는 종이봉투에서 현금 한 뭉치를 꺼냈다.
느낌상 한 뭉치에 100만 원인 거 같다. 감각적으로 반 정도를 집었다.
너무 많은 것 같은데 조금만 더 빼고 줄까…?
아니다. 목숨이 왔다갔다하는 상황에서 돈 아끼지 말자.
나는 돈이 많아 보이게 돈뭉치를 부채꼴로 피며 말했다.

"경찰관님, 귀 좀⋯"

그리고 손에 돈을 쥐어 주었다.

"정말 죄송합니다. 아내가 지금 깡패들한테 인질로 잡혀 있습니다. 빨리 가봐야 돼서 어쩔 수 없었습니다."
"진짜입니까? 신고를 하시지 왜 혼자 가십니까."
"신고하면 아내를 죽인다고 했습니다. 정말 죄송합니다."

그의 다음 대답을 듣기 전에 액셀을 있는 힘껏 밟았다.
제발 그냥 넘어가 주기를⋯

다행히도 저 멀리서 대기하고 있는 경찰차가 나를 따라오지 않았다.
뇌물과 사정이 적절하게 먹혀들었나 보다.

음주단속을 하던 경찰관은 손에 있던 돈뭉치를 순간 본인도 모르게 본능적으로 주머니에 넣었다.
몇 초가 지난 후, 그는 정신을 차렸다.

"아씨, 대한민국 경찰을 호구로 보나. 경장님, 이거 제가 받으려고 한 게 아니고 순식간에 제 손에 쥐여준 겁니다."
"이 새끼야, 장난해? 빨리 무전 때려!"
"네, 알겠습니다!"

삐뽀삐뽀.

X됐다. 경찰차가 나를 따라온다.

- 치칙, 앞에 가는 검정색 세단 2712 차량 멈추세요. 지금 갓길로 멈추세요. -

사태가 갈수록 커진다. 하지만 멈출 수는 없다. 핸드폰에서 나한테 소리치는 목소리가 들린다.

"한수혁 씨, 일단 차 멈추세요. 한수혁 씨!"
"장난해요? 지금 차 멈추고 살인죄에 도주죄로 잡히라고요?"
"진정하세요. 사실…"
"아놔, 분명 50만 원 줘서 넘어갈 수도 있었는데, 아마 내 차가 수배 중이었나 봐요. 그래서 대기하던 차가 알아보고 따라온 것 같네요."

뒤로 경찰차 두 대와 오토바이 한 대가 따라붙었다.

액셀을 더 세게 밟았다.
이 도로는 이 시간에 차가 별로 없다. 중간중간 빨간 불이 있었지만 무시하고 계속 달렸다.
다시 차가 많아지는 구간에 들어왔다. 지금 지나갈 교차로는 신호등이 방금 빨간 불로 바뀐 상태.

브레이크를 살짝 밟았다가, 생각을 고쳐먹고 다시 액셀을 세게 밟았다.

빵! 빵 빠앙~

반대편에서 좌회전하던 차량이 내 차를 피해 우측으로 차선을 바꾸며 간신히 지나갔다.

"야이, 정신 나간 새끼야 미쳤어?"

그쪽에서 아무리 소리쳐도 멀어서 들리지도 않을 텐데, 이상하게도 욕설이 내 귀에 꽂히는 듯 들려왔다.
백미러를 바라보자, 경찰차 한 대가 줄어들었다.

- 치직, 2712 차 세워! 현재 특수공무집행방해죄, 신호위반, 음주운전, 지금 세워야 조금이라도 형량 줄어듭니다. -

바로 뒤로 경찰 오토바이가 상당히 많이 따라붙었고, 그 뒤로 경찰차가 따라오고 있었다.
앞에는 고가도로가 보인다.

자.. 후욱.. 후욱.. 심호흡을 수차례 했다.
영화에서 많이 봐왔다. 할 수 있다. 내 생각이 나도 모르게 육성으로 흘러나왔다.

"할 수 있다. 할 수 있다."

고가도로로 올라가는 척하고 급하게 우측으로 핸들을 꺾었다.

지지직, 지지지직

"아, 씨발"

이런 젠장, 내 차 왼쪽 범퍼부터 운전자 쪽 문까지 흠집이 났다. 아무리 산 지 오래된 중고차여도 그동안 정이 든 만큼 너무 아까웠다. 다행히도 방금 오토바이 한 대를 고가도로 위로 올려보냈다.

"한수혁 씨, 괜찮아요. 하아, 어떡하지? 괜찮아요? 어떡해..."
"당신 뭐 하는 거야. 너네들이 서포트해 준다고 할 땐 언제고! 상황 터지니까 어떡하지만 하고 앉아있네. 걱정만 하지 말고 뭐라도 좀 해보라고!"
"그러게 누가 술 먹고 운전하래요?"
"야, 씨발, 장난하나. 처음 통화했던 남자 바꿔."

뒤에는 아직 경찰차 한 대가 따라오고 있었다. 내비게이션에 찍힌 목적지는 거의 다 와 갔다.

최초에 통화했던 남자의 목소리가 들려왔다.


"전화 바꿨습니다."

"아까 그 여자는 뭐 하는 여자예요? 아, 됐고, 지금 경찰차 한 대가 따라오고 있어요. 어떻게 할까요."

"네, 한수혁 씨 저도 지금 알아보고 있습니다."

"목적지가 지금 5분 남았는데, 이대로 가도 되는지, 다른 곳으로 도망가서 따돌려야 하는지."

"네, 한수혁 씨, 지금 문자로 주소 새로 보냈습니다. 그 주차장에 차를 대충 세우고…"

"잠시만요. 지금 주소를 바꿀 시간이 없어요. 제가 주소 입력하면 다시 말해주세요"

"네."


그 순간, 빨간불 신호가 걸렸고, 차가 앞에 몇 대 있는 상황이라 나도 멈춰 세웠다.

지금까지 뚫려 있는 길을 달려오다가 이 부근은 번화가라서 차가 많아졌다.

내 뒤로 차가 3대 있고, 경찰차는 그 뒤에 멈춰 섰다.

지금이다. 빠르게 내비게이션에 아까 보낸 문자를 열고 주소를 찍었다.

제기랄, 손에 땀이 많이 나서 제대로 찍히지가 않는다.

경찰차에서 경찰이 내려서 내게 뛰어온다.

손에 묻은 땀을 빠르게 내 셔츠에 닦았다. 다시 주소를 제대로 찍었다. 어느새 경찰이 내 차에 가까이 왔다.

나는 빠르게 차 문이 잠겼는지부터 확인했다.


- 안내를 시작합니다. -


팍 팍


경찰이 삼단봉으로 내 왼쪽의 유리를 친다.

"빨리 내려! 지금 내리면 정상참작 해줄 테니까 빨리 내리라고!"


창문 밖의 경찰과 눈이 마주쳤다. 흠칫했다.

버티기 힘든 시간이다. 차라리 내려서 있는 사실 그대로 말해볼까.

이 시간을 버티고 있다 보니 이마에서 땀이 한 방울 흘러내린다.

억겁의 시간을 보내는 기분이었는데, 그 순간 신호가 파란불로 바뀌었다.

앞차가 하나둘 출발했다. 나는 출발하기 직전 차창을 살짝 내리고 말했다.

"저는 범인이 아닙니다. 제발 진범 좀 찾아주세요. 저도 증거를 발견하면 자수하겠습니다."


내가 출발하자 내 차에 엉겨 붙으려던 경찰관은 이내 포기하고 본인의 차로 다시 뛰어갔다.

"아까 보내준 주소, 내비에 찍었어요. 다시 이어서 말해주세요."

나는 통화 중인 남자에게 다시 말했다.


"네, 그 주소는 주차장입니다. 도착하면 주차를 대충 하고 귀중품만 챙겨서 나오세요. 그리고 정면으로 뛰어간 후, 담을 넘어서 왼쪽으로 100미터 정도 전속력을 다해서 뛰어가세요. 그리고 갈림길이 나오면 우측으로 가세요. 두 번째 집이 성공빌라입니다. 현관 비밀번호는 #1231#. 올라가지 마시고 계단 밑에 창고처럼 생긴 조그마한 문을 열고 들어가서 안에서 문을 잠그세요. 이해했습니까?"


"네, 똑같이 한 번만 더 말해주세요. 전화는 도착할 때까지 끊으면 안될 것 같네요."


다시 한번 그의 설명을 들으며, 가방 앞주머니에서 블루투스 이어폰을 찾아서 왼쪽 귀에 꽂았다.

그가 찍어준 주소에 도착하자, 넓은 주차장이 보였다. 다행히도 빈자리가 많았기에 직진해서 바로 주차를 했다.


"지금 도착했어요."

"네, 정면에 바로 보이는 담을 넘으시면 됩니다."

나는 조수석에 있는 가방만 챙기고 바로 나왔다.


"어? 좀 높은데?"

생각보다 담이 높았다. 바로 넘기는 힘들 듯한데.. 어쩔 수 없다. 미안하긴 하지만 SUV 차량을 밟고 올라가서 담 위를 올라갔다. 뛰어내리기 전에 뒤를 보니, 경찰차의 라이트가 비춰지며 우회전으로 들어오고 있었다. 아슬아슬하게 경찰이 내가 담을 넘는 모습을 보지 못했을 수도 있겠다.

운동회 때 뛰듯이 나는 전속력으로 100미터 달리기를 했다.
"후욱, 후욱, 이제 우측으로 가서 두 번째 집이었죠?"
"네, 성공빌라. 비밀번호 #1231#입니다.
"도착했습니다."

띠띠띠  .

- 문이 열립니다. -

"수혁 씨, 계단 밑 작은 문으로 들어가세요."

달칵.

들어가자, 문이 하나 더 있었다. 그 문을 열고 들어가서 바로 핸드폰 불빛을 비춰 스위치를 찾고 전등을 켰다.

"네, 들어와서 지금 문 잠궜습니다."

"수고하셨습니다. 경찰이 절대 못 찾을 겁니다. 푹 쉬시고 내일 뵙겠습니다."

"내일은 실제로 보는 건가요?"

"네, 최대한 그러려고 합니다. 내일 연락드릴게요. 절대 나가지 말고 오늘은 이 안에서 푹 쉬세요. 안에 있는 물건들은 전부 다 마음대로 쓰셔도 됩니다."

"알겠습니다. 감사합니다."


오늘 이렇게 내가 살면서 가장 길었던 하루가 끝이 났다.

월요일이라 하루 종일 바쁘게 일을 하고, 퇴근하고 집에서 쉬지도 못하고 나가서 술을 먹고,

살인사건에 휘말리고, 이렇게 목숨 걸고 도주를 하기까지…


긴장이 풀리자, 온몸에 힘이 빠지며 쓰러지듯 침대에 누웠다.

이내 다시 일어나 방부터 먼저 둘러봤다.

내가 누운 침대 왼쪽에는 스탠드형 옷걸이가 하나 있고, 그 옆에 책상과 의자가 있었다.

그리고 그 옆, 그러니까 입구 들어오자마자 정면으로 보이는 벽에는 미니 냉장고와 전자레인지, 그리고 선반에는 각종 먹을거리가 있었다.

또한 침대의 완전 반대편 쪽 벽은 화장실이 따로 없이 변기와 샤워기가 있었다. 아래에는 물이 밖으로 흘러나오지 않도록 시멘트로 살짝 볼록하게 만들어 놨다. 그리고 밖으로 물이 튀지 않도록 커튼을 칠 수 있게 해 놨다. 그래도 이따가 샤워하려면 앉아서 해야 할 듯하다.

냉장고를 열어보니 생수와 콜라, 사이다, 각종 주스가 있었다. 나는 갈증이 밀려와 먼저 오렌지 주스 하나를 원샷했다.

"하아... 샤워는 이따가 해야겠다."
어차피 내 침대도 아니니, 하루 종일 땀 흘려서 더러워진 옷이어도 거부감 없이 침대에 몸을 눕힐 수 있었다.

침대에 누웠다.
아내와 결혼한 후 연수를 제외하고 딱히 외박한 적이 없기에, 익숙하지 않은 곳의 잠자리가 몸과 마음을 불편하게 했다.
잠이 오지 않았다. 오늘 있었던 일들이 하루에 다 일어난 게 아닌 것처럼, 시간의 속도가 평소와 다른 느낌이었다.

내 생에 가장 큰 시련이다.

내일은 어떻게 보내야 할까.
누명은 어떻게 벗어야 할까.

잡생각이 드니, 피곤했던 몸과는 다르게 잠이 오지 않았다.
항상 침대에 누워서 베개를 베면 자연스럽게 잠이 오던 나다.
평소 잠이 안 온다는 사람들을 이해하지 못했는데, 그 마음을 이제야 공감할 수 있게 되었다.

잠이 안 오니, 몸이 계속 뒤척여진다.

갈증이 나고 덥지 않은데, 더웠다.

온도는 높지 않은데, 가슴이 뜨거운 것처럼 답답했다.

일어나서 물을 꿀꺽꿀꺽 마시고, 윗옷을 벗어 던지고 침대에 다시 누웠다.

오른쪽 벽에 내 팔을 대자 시원한 느낌이 든다.


"하아."


별다른 말은 입 밖에 나오지 않았다. 벽에 닿은 내 몸, 손등부터 시작해서 팔꿈치, 어깨, 곧이어 몸 전체를 밀착했다. 벽의 서늘한 촉감이 나를 시원하게 한다. 갈증을 조금이나마 덜어낸다.

그러던 중 손끝으로 이불의 촉감이 아닌 다른 무언가에 닿았다.

살짝 손을 넣어 집어보니 종이였다. 살짝 구겨진 쪽지.

별생각 없이 펼쳐봤다.


[억울하다. 억울하다. 억울하다. 억울하다. 억울하다.]

억울하다는 말이 쪽지를 빼곡히 채웠다. 그리고 마지막 줄에는


[나는 죽이지 않았다. 나는 사람을 죽이지 않았다.]

였다.


지금의 나와 같은 처지인 사람이 여기를 왔었다고?

그게 말이 되나?

나에게 살인 누명을 씌운 그 집단과 나를 도와준다고 하는 또 하나
의 미심쩍은 사람들.

이게 말이 되나?


혹시... 아니다, 아닐 것이다. 이런 장난은 있을 수 없다. 이렇게까지
사람을 몰아붙일 수는 없는 것이다.

설마 몰래카메라라고?

그럼, 내 아내와 통화했던 것은...?


계속 잠이 안 오니, 잡생각이 들었고, 잡생각은 꼬리에 꼬리를 물고
이어나갔다.

그러다가 습관적으로 항상 자기 전에 하는 행동인 핸드폰을 켰다.

N 포털에서 오늘의 랭킹뉴스를 봤다. 이 역시 자기 전 항상 하는 행
동에 포함된다.

뉴스기사 목록을 보던 나는 내 눈을 의심하지 않을 수 없었다.


랭킹뉴스 3위와 5위에 나와 관련된 기사가 있었기 때문이다.


랭킹뉴스 3위를 클릭했다.


[경찰, 인천 연속 살인사건 용의자 현상수배]

제목 바로 밑에는 내 사진이 떡하니 붙어있다.

[살인 용의자 현상수배]

검거보상금 최고 500만 원까지
신체특징: 1. 신장 180cm 2. 날씬한 체격 3. 남색 계통 정장(환복 가능)
사건개요: 2021. 9. 30. 인천시 본인의 사무실에서 피해자를 살해 후 다른 피해자의 자택에서 또다시 살해.

신고 전화번호 및 안내사항.
국번 없이 112, 인천경찰서 전담팀 032- XXX - XXXX
검거보상금은 신고 내용의 난이도, 기여도 등 심사, 지급 금액 결정
신고자, 제보자의 신원이 노출되지 않도록 비밀 절대 보장.

그 밑으로 더 자세한 기사내용이 첨부되었다.
기사 내용은 건너뛰고 바로 댓글을 봤다.

Re : 삼가 고인의 명복을 빕니다.
Re : 저런 놈들은 사형을 시켜야 돼요. 사형제가 부활하길...
Re : 살인하고 나서 어떻게 바로 또 살인할 생각을 하지? 뭐든 한번이 어렵고, 그 다음은 쉽다는 건가?
Re : 근데 생긴 게 말짱해서 지나가다 봐도 살인범이라는 생각이 안

들듯.. 피해자들도 그래서 방심한 듯..

Re : 슈트핏 장난 아니네. 얼굴도 내 스타일. 갈 데 없으면 울집 놀러와, 숨겨줄게, 오빠.

-> 넌씨눈이네, 니 머리는 스튜핏이다

-> 진짜 살인범 만나봐야 정신 차리지.

-> 너네 집 갔다가 너 죽일 수도 있어.

-> 넌씨눈이 뭐임?

-> 넌 ㅆㅂ 눈치도 없냐?

-> 날 죽일지 안 죽일지 정도 눈치는 나도 있어.

-> 할말하않, 님들 시간 아까우니까 병먹금(병신 먹이 금지)합시다.

Re : 역시 마계인천, 개무섭다.

-> 인천 욕하지 마세요. 다른 지역도 살인사건은 있음.

-> 인천 부평에서 술 먹으면 길거리 싸움 자주 본다매요?

-> 내 친구 인천연합 출신인데, 싸움 개잘함.

-> 만화책 많이 봤냐?

-> 나 인천 망치다. 자꾸 인천 비하 발언하면 현피뜨러 간다.

-> 나 부산 통 출신이다. 뜨자.


뭐지?


아무튼 이 밑으로는 대다수가 나를 욕하는 댓글이었다. 언제 봤다고 나를 욕하는 거지?

사실인지 아닌지 확인도 안 하고 나를 살인자로 몰아가고 있다.

심지어 댓글에 중립기어 박는 사람조차 없었다.

내가 무죄를 입증하면 이 인터넷기사 낸 신문사부터 고소할 것이다.

랭킹뉴스 5위 - 고소득 보험설계사, 그는 왜 살인을 하였는가.

경찰은 금일 인천에서 하루에 두 명을 살해한 사건 용의자에 대해 공개수배를 내렸다.

대체 그의 심리는 무엇일까. 묻지 마 살인인가, 무차별 살인인가.

그에 따라 범죄심리학 강금중 교수는 "첫번째 살인의 피해자는 컴플레인을 걸려고 사무실에 직접 찾아온 고객일 가능성이 크다."고 말했다. 예를 들어 보험 가입에 대해 설명을 잘못해서 따지러 왔다거나, 보험금 청구를 했는데 보장이 되지 않아 기분이 상한 채로 사무실을 방문했을 가능성이 크다고 것이었다.

강 교수는 또 "두 번째 살인은 고액계약을 하기로 한 고객의 자택이다."라고 덧붙였다. 상담이 뜻대로 되지 않자, 첫 살인의 감정을 가지고 추가 범행을 저질렀다는 것이다.

그 밑으로도 기사가 아니라 아주 소설을 써 놨다.

이 기사는 댓글을 읽을 가치조차 느낄 수 없어서 바로 뒤로가기 버튼을 눌렀다.

* * *

나는 앞이 살짝 보일 만큼 어스름한 까만 공간에서 환한 문을 향해 나아가고 있었다.

가는 길에는 내려가는 계단도 있었다.

행여나 구두를 신은 그녀가 발을 헛디딜까 봐 손을 잡고 에스코트해 주었다.

그녀는 내 손에 몸의 중심을 의지한 채 볼을 붉히며 살짝 고개를 숙이며 내려왔다.

내가 직접 눈으로 보진 못했지만, 나에게는 그렇게 느껴졌다.


환한 문을 벗어나자, 내 뒤의 공간은 더욱 어둑해졌고, 내 눈은 갑작스러운 하얀 빛에 적응을 못하고 살짝 눈을 감게 되었다.

찡그린 눈으로 내 옆의 그녀를 보니, 천장에 붙어있는 빛을 집어삼킬 만큼 더 큰 빛이 났다. 그녀에게서...

나를 말똥말똥 쳐다보던 그녀는 이내 쑥스러운지 손을 내려놓았다.

우리 주변에는 많은 사람들이 별 의미 없이 스쳐 지나갔다. 그렇게 많은 인파 속에 우리 둘만이 서로를 바라보고 있음을 느끼고 그녀의 시선에 빠져 있을 때.

적막을 먼저 깨뜨린 건 그녀였다.


- 오빠, 만약에 영화 내용처럼 내가 성폭행당하면 어떻게 할 거야? -

아, 방금 우리는 영화를 보고 왔구나. 긴장감 넘치는 스릴러 영화였다. 맞다. 나의 그녀는 항상 이런 질문을 좋아했다. 아직 있지 않은 일에 대해서 내가 어떻게 행동할지를 듣는 것을 좋아했다.

나중에 부부 심리상담을 받다가 알았지만, 이건 그녀의 성향 중에 예기불안이 높아서이다. 나는 그 지수가 엄청 낮아서 낙천적이라고 나왔다.

"헐, 그럼 끔찍한 얘기는 입 밖으로도 꺼내지 마!"
- 근데 만약에 말이야. 만약에 그러면? -

나는 몇 초 정도 생각하고 대답했다.

"음, 그 일만 당한 거랑 살해당한 거로 나뉠 것 같아."
- 둘 다 말해주라. -

"그런 일만 당했으면 범인이 감방에서 가장 오래 썩을 수 있도록 최선을 다하고, 온유 맘이 치유될 수 있도록 항상 옆에서 도와주고 지켜줄 거야. 근데 만약에 온유를 죽였다? 나는 정말 범인을 죽여버릴 거야. 칼 갖고 가서 목을 찌를 거야."
- ...
"아.. 설마 하늘나라에서 이런 말 할 거야? 오빠, 난 그런 거를 바란 게 아니야. 앞길 망치지 말고 나를 잊고 잘 살아줘~"
- 아니야. 듣고 보니까 좋은 거 같아. 꼭 내 복수 해줘! -

마지막 한마디가 머릿속에서 계속 울리며 시야가 흐릿해졌다.

다시 시야가 뚜렷해지더니 내 앞에 우락부락한 아저씨 한 명이 서 있다.

그를 본 순간 내 몸이 얼어붙었다. 내 여자 친구가 저 돼지새끼에게 당했다는 생각이 갑자기 들었다.

내 오른손에는 식칼 하나가 들려 있었고, 나는 그것을 인식하자마자 내 등 뒤로 숨겼다.

뚜벅, 뚜벅, 뚜벅.

걸어가면서 긴장이 된다. 코 앞으로 마주치는 순간.

푹.

내 오른손이 범인의 목을 찔렀다. 여기는 경독맥이 위치했다고 하는 곳.

맞게 찌른 것인가? 그것까지는 나도 잘 알지 못한다.

이 더러운 돼지새끼가 왼손으로 목을 만지며 눈을 동그랗게 뜨고 놀라가지고는 나를 쳐다본다.

푹. 푹. 푸슉.

나는 재빠르게 그의 심장을 노리고 왼쪽 가슴을 찌르고, 바로 오른쪽 가슴을 재차 쑤셨다.

마지막으로 배에 칼을 꽂아 넣었다.

그녀의 복수를 했다. 나는 이제 남은 인생을 감옥에서 보내야 하는 것인가...?

눈을 떴다.

꿈을 꿨다.

"으아악! 아, 개 같은 꿈이네."

여보, 무사해야 돼. 내가 금방 갈게, 며칠만 참아.

예전에 아내와 연애할 때 실제로 했던 말들이 꿈 앞부분에 나왔다.

꿈 뒷부분에서 그 남자를 찌르던 촉감이 너무 생생해서 잠시 몸이 부르르 떨려왔다.

그 후 가위에 눌린 것처럼 몸이 뻣뻣해져서 한동안 움직이지를 못했다.

아내에게 무슨 일이 생긴다면 나는 내가 꾼 꿈대로 할 것이다. 정말이다.

\* \* \*

띠리리링 띠리리링

…

띠리리링 띠리리링

…

…

"으아악! 아, 개 같은 꿈이네."

아씨, 안 씻고 잤네.
잠에서 깨자마자 핸드폰을 봤다.
부재중 전화가 10통이 넘게 와 있었다.
시간이 벌써 11시가 넘었네. 전날 긴장감에 기절하듯 잠든 것 같다.
어제 이 안에 있는 물건들을 다 써도 된다고 했었다.
챙길 만한 게 있나 한번 찾아봤다.

쭈욱 둘러봤는데, 대부분 이미 내 가방에 있어서 필요하지 않은 것
들이었다.
그래도 건진 것이 있다.
책상 서랍에 현금뭉치 300만 원이 있었다. 지금 내 상황에서 현금은

많을수록 좋으니, 바로 내 가방에 챙겨 넣었다. 어제 종이봉투에는 돈 다발 두 뭉치가 있었다. 경찰에게 건넨 돈을 빼고 나니, 153만 원이었다. 50만 원을 넘기지 않았다는 것에서 만족스러웠다. 내 지갑에도 4만 원이 있다. 어쨌든 현재 현금 약 450만 원이 있는 것이다.

여기서 얻은 것들 중 무엇보다 큰 수확은 전기충격기를 얻었다는 것이다.

시험 삼아 한 번 켜봤다. 켜는 순간 전류가 튀는 빛이 보인다.

파지지지직.

"와우."

내 입에서 감탄사가 나왔다. 좋은 타이밍에서 무기를 얻었다. 영화에서 보면 이런 비밀 아지트에 총도 있고 그러던데, 우리나라는 총을 구하기 힘드니까 뭐..

그런데 칼 같은 것도 없네?

띠리리링. 띠리리링.

10번의 부재중이 찍힌 번호로부터 또 한 번의 전화가 왔다.

"여보세요."
"한수혁 씨, 잘 잤습니까."

"아니요. 이상한 꿈을 꿔서... 아 됐고, 본론만 말하시죠?"

"전화 안 받길래 푹 주무시는 줄 알았네요. 네, 1층에 식당이 하나 있습니다. 거기서 식사를 하시고, 지하철을 타고 부평역으로 가서 USB를 전달해 주세요. 정확한 위치는 도착하면 말씀드리겠습니다."

"네."

"행운을 빕니다. 아! 의자 뚜껑을 열어보면 옷가지가 있을 겁니다. 오늘은 그 옷을 입으세요."

그 말을 듣고, 의자 뚜껑을 열어봤다. 검정색 긴팔 티셔츠와 청바지 하나가 있었다. 그런데 옷이 이상하게 앞면만 두꺼운 소재로 되어있었다.

"옷 앞쪽이 왜 이렇게 두껍죠?"

"혹시라도 칼에 맞더라도 바로 뚫리지 않게 방탄복 소재로 만들었습니다. 일반 옷보다 안전할 거예요."

"네, 감사합니다."

옷을 갈아입었다.

빨리 일을 마치고 가족의 품으로 돌아가고 싶다. 일상으로 돌아가고 싶다.

일단 배가 너무 고팠다. 식당을 가려고 비밀 아지트에서 나왔다. 어? 생각해보니 여기가 1층이잖아. 식당을 찾으러 건물 밖으로 나와봤다.

건물 반대쪽으로 가보니 자그마한 식당이 하나 있었다. 동네 주민들을 대상으로 한 백반집이다.

짤랑.

들어가자마자 나는 백반 하나를 시켰다.

큰 쟁반에 반찬 다섯 가지와 고기반찬, 그리고 국이 나왔다.

일의 특성상 혼자 밥을 자주 먹는 나는 여느 때처럼 왼손으로 핸드폰을 켰다.

오른손으로 밥을 먹으며 왼손으로는 웹툰을 봤다.

그때 듣지 않고 있던 TV 소리가 내 귀를 뚫고 들어왔다. 또랑또랑한 여자 아나운서의 목소리였다.

- …입니다. 지난밤 두 번의 살인을 연속으로 저지른 용의자의 신상 정보입니다. 호남형의 인상에 날씬한 체형입니다. 키는 180센티미터 정도 됩니다. 도주 당시 정장을 입고 말끔한 차림이었습니다.

본인의 사무실에서 한 명을 살해하고, 곧바로 다른 고객의 자택을 방문하여 살해했습니다. 현재 피해자 간에 연관성이 있는지 조사 중이라고 경찰은 밝혀왔습니다. 범죄의 이유가 크게 없는 묻지 마 살인, 혹은 무차별 살인인 것으로 보고 있다고 검찰에서 발표했으며, 그에 따라 무작위로 더 큰 피해를 입기 전에 신속히 현상수배를 내린다고 합니다. 다시 한번 용의자의 용모에 대해 말씀… -

나는 뉴스 앵커의 말을 끝까지 듣지 못했다.

뉴스를 보던 중 식당 사장과 눈이 마주친 것이다.

다른 테이블에도 사람이 몇 명 있었지만, 각자 본인의 식사시간을 즐기고 있었다.

식당 사장이 내 눈을 피하더니 슬그머니 주방으로 들어가는 것이 보였다.

나는 불안한 마음에 쟁반을 들고 주방과 제일 가까운 테이블에 앉았다.


살짝 커튼이 쳐져 있는 주방 입구에 고개를 밀어 넣어 보았다.

식당 사장이 핸드폰을 들고 있는 모습이 보였다. 왠지 신고하려고 하는 듯한 모습이었다.

나는 밥을 먹다 말고 조용히 주방으로 들어갔다. 들어가자마자 오른쪽을 보니 식칼 하나가 조리대에 놓여있었다.


거침없이 오른손으로 식칼을 쥐었다. 식당 사장을 향해 겨누고 입을 열었다.


112에 전화를 걸었는지 핸드폰을 귀에 대고 있었다. 아직 한마디 말도 하지 않은 상황.

나는 목소리를 낮춰서 말했다.


"잘못 걸었다고 하세요."

말하면서 칼을 앞으로 들이밀었다.

식당 사장은 고개를 끄덕이며, 내가 시킨 대로 하고는 곧 전화를 끊었다.

"저 정말 밥만 먹고 갈게요. 신고하지 마세요. 그리고 저 누명 쓴 거예요."

"네, 아, 알겠습니다. 살려, 살려만 주십쇼."

식당 사장은 겁에 질렸는지 목소리를 떨면서 더듬거리며 대답했다.

지금 상황에서 웹툰을 보면서 밥을 먹을 만큼 나는 생각 없는 놈이 아니다.

식당 주인의 행동에 대해 안심이 되지 않아, 식칼을 테이블에 갖고 와서 꾸역꾸역 밥을 먹었다.

먹으면서도 금세 불안해서 내 앞에 식당 사장을 앉히고 나서야 마저 밥을 먹을 수 있었다.

현상수배가 내려진 이상, 지금 제대로 먹어야 오늘 하루를 버틸 수 있을 것이다.

입으로 먹었는지 코로 먹었는지 분간이 안 갈 만큼 급하게 먹었다.

식당 사장을 다시 주방 맨 끝으로 보낸 후, 식칼을 밥값 만 원과 함께 원위치에 놓았다.

"거스름돈은 괜찮습니다."

다른 손님들이 괜히 내 얼굴을 보지 않도록 얼굴을 황급히 숙이며 식당을 벗어나려고 했다.

나가려고 했는데, 남자 두 명이 음식점으로 들어온다. 일찍이 내가 봤던 얼굴 둘이다.

내 사무실 앞에서 마주쳤던 형사 두 명. 아니 어떻게 벌써 여기에 왔지?

서로를 보자마자 대치 상황이 되었다.


"한수혁 씨, 서로 힘 빼지 말고 조용히 갑시다."

"저는 범인이 아닙니다."

"아, 거 참... 잡아!"


말을 하는 동안 오른쪽 형사와 가까워지게 슬금슬금 움직였다. 형사들이 몸을 용수철처럼 튕겨 내 앞으로 오는 순간, 나는 재빨리 오른쪽 주머니에서 전기충격기를 꺼냈다.


파지지지직.


오른쪽 형사의 목에 성공적으로 전기충격을 줬다. 사람에게 전기충격기를 써본 적은 없지만, 생각할 겨를이 없었다. 형사가 몸을 살짝 부르르 떨며 실신했다.

그 사이, 왼쪽에 있던 덩치 큰 형사가 나를 덮쳐 왔다.

무게를 못 이기고 내가 뒤로 밀렸다. 테이블 몇 개가 "우당탕탕!" 소

리를 내며 뒤로 넘어지던 찰나,

파지지지직.

형사의 배에 대고 전기충격기를 쐈다.

쿵.

내가 뒤로 자빠지면서 형사는 내 위에 포개어져서 기절했다.
100킬로그램은 되어 보이는 형사의 무게가 실려서 그런지 숨이 턱
하고 막혀왔다.
아까 테이블에 부딪혀 뒤통수가 띵 하면서 나 역시 순간적으로 정신
을 잃을 뻔했다.

"하아... 이래도 되는 건가."
형사를 왼쪽으로 간신히 치우며 혼잣말이 흘러나왔다.

머리와 등에 충격을 받아서 아직 호흡이 제대로 되지 않았다. 그렇
지만 충격이 회복되는 동안 형사 중 한 사람이라도 일어날까 봐 고통을
참아가며 급하게 거리로 나왔다. 가슴을 움켜쥐고 손님들의 눈빛을 뒤
로 한 채 겨우 밖으로 나왔다.
부평역으로 가라고 했지?
전철역으로 뛰어가고 있던 나는 잠시 핸드폰으로 지도 찾기를 해서

목적지를 바꿨다.

전철역을 지나서 계속 뛰어갔다. 5분쯤 달려 내가 도착한 곳은 오토바이 가게였다.

이곳에 도착한 나는 꽉 막힌 사장님 때문에 실랑이를 벌이게 되었다.

아니, 생각해보면 합법적인 사장님이다. 사실은 내가 잘못된 것이지만...

"사장님, 번호판 붙어있는 것 없어요? 며칠만 탈 거라서 그래요. 돈 더 드리겠습니다."

"그럼, 안 된다니까 그러네, 젊은 양반이 왜 자꾸 그래?"

그렇다. 나는 중고 오토바이를 사러 왔다. 원래 절차는 중고 오토바이를 구매하고 오토바이 책임보험에 가입한 후 구청에서 번호판을 달아야 한다.

하지만 내가 지금 그럴 만한 상황이 안돼서 부탁을 드리고 있는 중이었다.

번호판 없이 운행하면 과태료를 내야 한다. 벌금이 문제가 아니다.

괜히 재수 없게 번호판 미부착으로 딱지 떼일 때 현상수배로 덜미가 잡힐까 봐 그런 것이다.

"아니! 막말로 자네가 그 오토바이로 도둑질을 할지, 뭔 짓을 할지 내가 어떻게 알어!"

내가 계속해서 부탁을 드리자 오토바이 가게 사장님이 이제는 성을 낸다.

어쩔 수 없다. 안 되는 건 안 되는 건가...

포기하고 돌아가려는 순간, 젊은 친구들이 오토바이 3대를 끌고 왔다.

"안녕하세요~ 사장님, 얘는 엔진오일 갈아주시고요, 저는 타이어 좀 봐주세요. 이거 갈아야 하나?"

"어~ 그려~ 쩌 앉아있어."

오토바이 3대가 다 빅스쿠터였다. 한 명은 사장님과 대화 중이었고, 두 명은 오토바이에 앉아서 서로 얘기를 하고 있었다.

"근데 너 오토바이 왜 팔게?"

"어, 오랜만에 기변 좀 할라고."

"이거 산 지 얼마나 됐다고 무슨 벌써 기변이야, 이 새끼. 얼마에 팔게?"

"글쎄, 일단 인터넷에 200에 올려놨는데, 쫌씩 내려야지."

"이 새끼, 도둑놈이네. 지는 120에 사 놓고 무슨 200에 팔아. 이게 200에 팔리겠냐?"

"부수입이지 임마, 팔면 파는 거고 아니면 내리는 거고."

"그러다가 한 달 동안 팔아도 못 팔겠다. 씨바것."

이 젊은 친구들은 나를 신경 쓰지 않고 있기에 사실 대화내용을 다 들었다.

담배를 피우면서 얘기하고 있는 두 남자에게 은근슬쩍 물어봤다.

"오토바이 파시게요?"
"왁, 깜짝이야. 누구세요?"

20대 초반?으로 보이는 두 남자는 나를 경계하며 위아래로 훑어봤다.

"아~ 오토바이 한번 사볼까 하고 왔다가 맨날 세워져 있는 거 사느니, 이렇게 맨날 타고 관리한 거 사는 게 좋지 않나 싶어서요."

나는 손바닥으로 오토바이를 향해 펼치며 대답했다.

"올, 대박. 이거 속도 개빠른데."
당사자가 아닌 남자가 옆에서 추임새를 넣었다.
아직 사회경험도 별로 없을 텐데, 순발력이 좋네.

"네, 한번 타보실래요? 마음에 드시면 당일 판매도 가능해요."
"한 바퀴 돌아봐도 될까요?"

지갑을 맡기라고 해서, 약간 머뭇거리다가 신분증을 주고 오토바이를 타봤다.

빅스쿠터라서 그냥 당기면 나가는 오토바이다.

어릴 적에 오토바이를 타보긴 했지만, 아무래도 오랜만이고 처음 타는 기종이라서 긴장이 되었다.

기어가 없어서 스트롤만 감으면 앞으로 나간다. 도망 다녀야 하는 지금 내 처지에서 이보다 좋은 이동수단은 없을 것이다. 헬멧을 쓰면 내가 누군지도 모르고 말이다.

지금은 시범운전만 해보려고 헬멧을 안 썼더니, 바람이 얼굴을 휘감는다.

어렸을 때 오토바이를 타던 내 모습이 떠오른다. 그때의 패기, 그때의 열정, 그때의 추억.

잠시나마 그때로 돌아간 듯하다.

한 바퀴를 돌아본 나는 바로 사기로 했다.

"괜찮네요. 얼마죠?"

"… 220이요. 아, 제가 튜닝이랑 업그레이드를 많이 해놔서요. 그래서 속도도 똑같은 모델보다 더 빨라요."

요놈 봐라? 아까 원가 120에 산 것을 200에 올려 놨고, 안 팔리면 금액을 낮춰서 판다고 한 것까지 분명히 들었다.

온라인으로 중고 오토바이를 판다는 것은 여간 귀찮은 일이 아니다. 몇 명을 만나봐야 팔릴지 모르는 게 중고 오토바이와 중고차다. 솔직히 200 미만으로 불러서 바로 팔려고 할 줄 알았다.

그런데 200만 원도 아니고 220만 원으로 후려치는 것이다.

"음.. 아까 200만 원이라고 한 것을 언뜻 들었던 것 같은데.. 아! 그럼, 번호판 있는 채로 팔 수 있을까요? 이거 타고 며칠만 여행 갔다 온 후에 다시 팔고 싶은데요, 보험 가입하고 번호판 등록하고 이런 거 하기 좀 귀찮아서요."

"그리고 220에 사신다는 거죠? 여행이 며칠 정도인데요?"

여기서 내가 원가를 들었으니, 깎아달라고 말할 수도 있었다. 하지만 그러지 않았다.

나는 가격을 들었다는 것을 알려주어 초조함을 주고, 내가 원하는 바를 말했다.

아까 대화로 유추해 보건대, 이 남자는 120에 산 것을 220에 팔 수 있는 기회를 아마 놓치지 않으리라 본다.

"한 일주일? 아무리 늦어도 일주일 정도 걸릴 것 같네요."

"콜이요. 그 대신 전화번호 알려주셔야 돼요. 보름 뒤에 번호판 여기다 맡기시고요. 한 달 안에 번호판 안 맡기면 도난 신고할 거예요."

"네, 잠깐만요. 제가 은행 보안카드를 깜빡하고 안 갖고 와서 은행 좀 갔다 올게요. 기다리세요.

이 남자들은 세 명이고, 내 가방에 돈이 가득 찬 것을 알면 위험할 것 같아서 내린 판단이다.

아마 은행에 간 동안 내가 눈앞에 안 보이면 나를 호구라고 하겠지.

둘이서 시시덕거리며 나를 놀려댈 것이 뻔히 그려진다.

잠깐 놀리고, 내가 도착하기 전에 귀신같이 내 얘기를 하지 않을 것이다.

그리고 일이 마무리되면 셋이서 있을 때 120만 원짜리를 220만 원에 팔았다고 영웅담을 쓰겠지.

뭐, 상관없다. 어쨌든 내가 원하는 바는 이루어 냈다.


실제로 은행에 갔다. 화장실에서 돈을 꺼내어 은행 종이봉투에 돈을 넣어 왔다.

현금으로 오토바이를 사고, 오토바이 사장님에게 10만 원짜리 헬멧도 하나 샀다. 그리고 오토바이 사장님의 도움을 받아 매매계약서를 작성했다.


부릉.


오토바이 배기음 소리가 문득 내 어렸을 적 치기를 일깨운다. 맞다. 그때의 나는 무서울 게 없었지.

지금은 가정도 지켜야 하고, 일도 해야 한다. 잘못되면 잃을 것이 많다. 잃을 것이 많아지면 겁도 같이 많아진다. 예전의 나는 겁을 몰랐지만, 나이를 먹을수록 겁을 알게 되었다.

그런데 오랜만에 오토바이를 타니, 촉매제가 된 듯 그때의 나로 회귀한 것 같다.

어느새 목적지인 부평역에 도착했다.

제3장

제작자

내 이름은 봉태호. 예능판에서 데뷔하고, 운 좋게 영화로 좋은 성적을 냈다.

그래서 현재도 평소에는 예능을 찍고, 가끔씩 영화 개봉도 하고 있다. 국내에서도 다른 사람들이 특이한 케이스라고 한다.

"감독님, 놓쳤어요. 아, 이렇게 돌발행동을 자꾸 해서 어떡하죠? 중단할까요?"

김민희 방송작가가 말했다.

방금 말한 김민희 작가는 예능 쪽에서 히트작가다. TV에서 방영하는 요즘 유명한 예능 프로그램들. 리얼 버라이어티, 밀착 예능, 생활형 예능, 이것들이 전부 다 각본이 없다고 생각하는가?

아니다. 커플 예능이 성공하냐 마냐는 출연자들의 인지도가 크게 작용하긴 하지만, 작가가 스토리를 얼마나 잘 짜냐가 관건이다. 물론 스토리 내에서 출연자들의 매력이 얼마나 크냐는 것이 가장 중요하긴 하다.

지금 최장수 예능 프로그램을 김민희 작가가 맡고 있고, 또한 요즘 가장 핫하게 떠오르는 커플 예능 프로그램 〈난 둘이 산다〉도 김민희 작가가 맡고 있다.

그런 베테랑 작가가 중단할지 말지 고민 중이다.

나는 그런 그녀를 잠시간 빤히 바라봤다.


"진행해, 역대급 스토리 나올 것 같다."


하루 전.


"자, 시나리오 시작합니다. 모두 긴장하세요. 지금부터 상황 끝날 때까지 전원 현장 대기, 교대로 쉽니다."

"네, 알겠습니다."


각오를 다진 내 말에 믿음직한 내 동료들, 스탭들 모두가 대답해 주었다.

만족할 만한 그림이 아직도 나오지 않음에 모두들 초조해하고 있을 것이다.

여기서 중단하면 투자자들로부터 욕먹고 시청자들로부터 욕먹고, 모두에게 외면받을 것이라 예상된다. 이렇게 모두가 몇 날, 아니 몇 달을 밤새고 고생했는데, 그렇게 끝나서는 안 된다.

"이번에도 일찍 끝날지, 시나리오 끝까지 갈지 보자고요."

"이 프로젝트가 언제 끝날지 모르니까 더 힘드네요."

"이대로 말아먹는 건 아니겠죠?"

"야, 어디서 재수 없는 소릴 하고 있어."

"죄송합니다."

"투자금이 얼만데, 이거 말아먹으면 PD님만 잘못되는 줄 알아? 우리도 나락으로 떨어져 임마."

스탭들이 동요하고 있다. 어수선한 분위기를 정리해야 된다.

"자자, 조금만 더 힘냅시다."

탁.

슬레이트가 쳐졌다.

지금부터 상황 시작이다. 내가 온전히 진두 지휘를 해야 한다. 그렇기에 나는 상황이 끝날 때까지 긴장을 놓을 수 없다. 다른 스탭들은 교대를 하더라도, 나만큼은, 나는 상황이 끝낼 때까지 현장을 지킬 생각이다.

"아내분, 오늘 남편분께서 술 편하게 맘껏 먹을 수 있게 멘트해 주세요."

아내가 연기에 소질이 있는 듯하다.

"응, 여보~ 오늘은 편하게 먹고 와. 내 걱정은 하지 말고."

아주 능청스럽게 잘 통화해 주었다.

"좋았어요. 시작이 좋아요. 아내분, 쉬고 계셔도 됩니다."
"네, 근데 감독님 옆에서 모니터 같이 구경해도 되나요?"
"가능합니다. 자, 남편분 술 마시는 동안 우리도 저녁 먹습니다. 현상아, 너만 모니터 앞에 대기하고 있어."

남편이 술 먹는 시간 동안 우리에게도 식사 시간이 생겼다.
지금이 아니면 상황이 끝날 때까지 편하게 밥 먹을 수 있는 시간이 없다.
바로 앞 김밥제국에서 팀원들과 빠르게 저녁을 먹고 왔다.

모니터는 5대이고, 수시로 상황에 맞는 모니터를 비추어 주었다.
가운데 메인 모니터를 제외한 모니터들은 분할로 여러 장면이 나온다.
현재는 카메라 팀에서 메인 모니터를 술집 복도로 맞추어 놨다.
남편의 넥타이에도 소형카메라가 하나 달려있기에 모니터에 실시간으로 나오고 있었다. 재킷에는 녹음기도 설치되어 있다.

"자, 현재 시간 9시. 고객님 전화합니다. 김향란 고객님!"

김향란 고객 역을 맡은 신인 배우 이연주가 전화를 걸었다.
전화를 하자, 남편이 복도로 나오는 모습이 보였다.
고객이 계약한다고 하면 바로 올 줄 알았던 남편이 약속을 미뤘다.
당황한 김향란 배우의 얼굴이 보인다.
나는 황급히 손을 빙글빙글 돌렸다. 이어나가라고. 이런 돌발상황은
그녀의 역량이다.
나 역시 스케치북에 다급히 상속세와 종신보험을 적었다.
다행히 남편이 바로 온다고 한다.


"좋아요. 김향란 고객님, 잘했어요."


남편이 본인의 사무실로 간다. 사무실로 이동하는 동안 아직 별것도
없는데, 희한하게 평소보다 집중이 되었다.


"자, 상황 시작 전, 모두 모니터 주시하세요. 들어갑니다."


남편이 사무실 문을 열고 들어갔다.
문이 열려 있고, 돈봉투를 보자 남편은 아내의 이름을 부르며 웃고
있다. 아내가 해주는 이벤트로 착각했나 보다.
그렇게 웃으며 들어가던 남편이 시체를 발견한다.
놀란 눈과 벌린 입이 보인다. 당황하고 어쩔 줄 모르는 모습이, 그의

표정이 아주 잘 잡혔다. 표정에 많은 것을 들어낼 줄 아는 남편이다. 그의 감정이 고스란히 잘 전달된다.

시체 역할을 맡은 배우를 톡톡 건들고 있다. 혹시라도 예상치 못한 상황이 오기 전에.

"자, 전화합니다. 전화."

전화벨이 울리자, 남편 입에서 "악, 씨바, 개놀랐네. 뭐야 이거."라며 욕설이 나온다. 스탭 중 몇 명의 웃음소리가 들렸다.

"영길 씨, 목소리 깔고, 진중하게. 말은 빠르게. 슛."

좋아, 잘해주고 있다. 박영길 씨, 역시 연륜이 있다. 남편의 말에 물 흐르듯이 대답을 잘해주었다.

화면상에 고뇌하는 남편이 보인다.

"자, 경찰 투입 전, 경찰 투입 전, 경찰 조 대기."

경찰이 투입되기 전인데, 이 급박한 상황에서 저 남편이 자기 물건을 여유 있게 챙긴다.

하… 상황 파악이 안 되나?

"영길 씨, 빨리 나오라고 해요. 지금 긴급한 상황입니다. 빠른 어조로!"

드디어 남편이 나왔다.

"경찰 복도 진입. 경찰 복도 진입."

이런... 젊은 경찰 역할을 맡은 배우가 실수를 했다. 지금 삼단봉은
왜 꺼내는데?

아니! 상황 자체가 아직 진행이 안 돼서 얼굴도 모르는데, 처음 보는
사람한테 바로 저러면 말이 안 되잖아!

다행히 연륜 있는 중년 배우가 상황을 잘 진행해 줬다.

젊은 형사 둘을 쓸 뻔했는데, 조감독 말을 듣길 잘했다.

1차 긴급상황이 발생했다. 이제 형사들이 남편을 쫓을 것이다.

"남편분 도망갑니다. 적당히 거리 벌려주세요."

말은 이렇게 했지만, 남편이 너무 빨라서 어차피 잡지 못할 거 같다.

오... 운 좋게 엘리베이터를 타고 내려갔다.

아니면, 그 사이 타이밍을 계산한 건가? 순발력이 좋다.

"오케이, 그림 좋습니다. 이번 남편분 대박 예감이네요."

남편을 칭찬하자, 옆에서 손에 땀을 쥐며 모니터를 같이 보고 있던
아내가 희미하게 미소 짓는다.

보통 여기서 이야기가 끝나는 남편들이 70% 이상이다.

모니터는 CCTV를 통해서 계속 남편을 따라가고 있다.

남편의 옷에도, 차에도, 사무실에도, 다음 장소로 갈 곳에도 미리 다 카메라를 설치해 놨다.

역시 우리 카메라 팀은 국내 최고다. 혹시 미리 섭외하지 않은 곳으로 갈 수도 있어서, 우리나라 최고 해커도 섭외해 놓았다. 아, 이건 대외비다.


"감독님, 1층에 돌발상황 발생했습니다."


이런... 남편이 민간인 한 명을 밀어서 날려버렸다.

남자 두 명과 여자 한 명이 남편이 간 방향으로 쫓아간다.

이건 의도치 않은 상황이다. 다행히 남편이 그들에게 붙잡히지 않고, 차를 운전해서 출발했다.


"형사 두 분, 1층 밖 주차장에 남자 2명에게 가서 촬영 중 실수라고 잘 설명드리고, 전화번호랑 계좌번호 좀 받아주세요."


남자 두 명은 엘리베이터에서 남편의 뒤에 있던 여자 한 명을 만나려고 기다리고 있었다고 한다. 오고 있는 여자를 보고 있었는데, 남편이 무언가 오해해서 민 것 같다.


"감독님, 그딴 거 모르겠고, 걸리면 죽인답니다. 근데 전화번호와 계좌번호는 써 놓고 갔습니다."

이런... 문제가 생긴 듯하다. 이따가 전화해서 돈 보내주고 잘 달래 야겠다.

"USB와 핸드폰 위치 남편에게 알려주세요."

남편이 의문을 표하고, 한 번씩 태클을 건다. 그래도 다행히 스토리 대로 잘 진행되고 있다.

무인보관함에 도착한 남편에게 우리 조직원 배우 두 명이 붙었다.

일주일에 삼일씩 운동을 한다고 들었다. 통쾌한 액션을 보여줄 수도 있지 않을까? 하는 기대감을 갖고 있었다. 역시 자세를 고쳐 잡는 남편 에게서 느껴지는 느낌이 한판 할 것 같았다. 그러다가 남편이 뒤를 돌 아 도망간다. 생각보다 겁이 많은 건가? 약간의 아쉬움이 남았지만, 느 낌이 살살 온다.

"오케이, 거기까지. 영길 씨, 일단 남편분한테 안전장소로 가라고 하 세요."

또 문제가 생겼다. 우리가 정해 놓은 안전장소로 바로 가지 않는다 는 것이다.

다른 남편들의 경우 여기서 자수를 하려고 해서 중지된 것이 한두 번이 아니다.

그렇기에 아내를 통해 미리 남편의 핸드폰에 화면 공유 프로그램을 심어 놓는다.

"자, 상황팀. 남편이 핸드폰에 112를 누르는 순간 핸드폰 끄세요."
"네, 감독님. 어? 지금 김향란 고객에게 전화하고 있습니다."

살인 누명을 쓴 이런 긴박한 상황에서 바로 고객에게 가다니⋯
생각이 없는 건지, 대담한 건지... 판단이 안 선다.

"오케이, 그대로 진행합니다. 김향란 고객, 전화 받지 마세요."

또다시 의도하지 않은 상황, 긴장된 시간을 보내고 있는데, 스탭 중
한 명이 중요한 사항을 말해줬다.

"감독님, 아까 영길 씨와의 대화로 남편분이 저희라는 표현에 의문
을 가졌습니다. 한 놈이 아니냐는데요?"

영길 씨와의 통화내용을 들어봤을 때, 이번 남편은 성깔이 좀 있다.
사전 조사에서는 착해 보였는데 말이다.
그런데 눈치도 약간 빠른 듯하다. "저희라고? 한 놈이 아닌 건가?"라
는 혼잣말을 했다.
다른 의문을 가져서 우리의 존재가 드러나기 전에 조치를 취해야
한다.

"다음 전화 때는 영길 씨 말고 수미 씨가 하세요. 앞으로의 상황은 둘
이 한 팀인 겁니다."

"네, 알겠습니다."

"핸드폰 끄라고 문자 보내세요."

핸드폰을 끄라고 하자, 남편은 아내에게 전화를 했다.

"감독님, 아내분께 전화가 왔습니다."

"네. 아내분, 준비했던 대로 연기를 잘해주셔야 합니다."

아내에게 한 번은 전화가 올 거란 걸 예상하고 시나리오를 짜놨다.

"조직팀 대기. 조직팀, 아내분 통화하는 사이에 초인종 누르며 개입합니다."

남편과의 통화에서 지금까지 어느 누구보다 위협적인 전화를 받았다.

이 전화 한 통화에서 여태까지 다른 참가자들 전부가 기억에서 지워졌다. 그만큼 강렬했다.

그 목소리를 들으며 내 가슴이 두근거렸다. 특히나 악에 받친 듯 거칠게 소리치는 부분에서 진정성이 느껴졌다. 이게 실제 상황이었으면 정말로 복수를 했을 듯하다. 스탭 중 몇 명이 놀라서 수군덕거릴 만큼 현실감이 넘쳤다. 대박이다. 이번 주인공은 대박이 날 듯하다.

"경찰 진입, 경찰 진입해 주세요."

다행히 통화 상황은 잘 종결되었다.

"감독님, 이번 남편 좀 무서운데요? 괜찮겠어요? 그만할까요?"

김민희 방송작가가 말했다. 그녀는 겁이 많은 것 같다. 아무래도 웃음을 주는 예능만 하다 보니까 그럴 수도 있겠다는 생각을 했다.

"작가님, 대박이야. 일반 남편이 아니고 남주로 당첨될 듯한데? 그리고 저 정도 깡 없으면 시나리오 진행도 못 해요. 생각해봐. 여태까지 다 중도 포기였잖아."
"그렇겠죠? 방금 통화하는 거 들었을 때, 제 등에서 소름이 끼쳐서…."
"쫄지 마, 김 작가, 그게 대박이라는 증거야."

뒤에서 보조작가들끼리 얘기하는 것이 들렸다.

"근데 이 작가님, 방금 기필코 찾아서 칼로 쑤신다는데.. 잘못되면 큰일나지 않을까요?"
"카메라로 현장이 계속 보이니까, 주시하다가 그런 상황 오기 전에 중지하시겠죠."
"말만 그렇지, 진짜 그러면 살인사건 엄청 많게요?"

그러는 동안 남편이 차에서 살짝 잠이 들었다. 전화로 깨워야겠다.

"자, 지금부터 통화는 영길 씨 말고 수미 씨가 합니다."

통화내용을 들으니 대답하는 게 영 시원찮아 불안불안하다.

이런... 또 돌발상황이 발생했다. 음주단속에 걸리다니...

그것보다 더 큰일난 것은 여자배우가 말 실수를 했다. 경력이 좀 되는 배우라서 믿고 맡겼었는데 말이다.

이 상황에서 '어떡하죠.'를 날리면 어떡하냐, 하아...

이 상황을 만든 우리가 당황하면 현장에 있는 남편은 그 몇 배로 당황하게 되는데 말이다.

급박한 통화에서 내가 끼어들 틈이 없었다.

저 여자는 팀에서 빼는 게 좋겠다.


남편이 음주운전에 걸릴 듯하다.

이대로 NG가 나고 끝나나 싶었다.

낙심하고 있을 때, 남편이 기지를 발휘했다. 돈으로 매수를 한 것이다. 아까도 말했지만, 순발력이 정말 대단하다.

순간 손에서 땀이 난다. 우리가 기획한 것은 아니지만, 이 장면은 초대박이다.

잠깐... 그런데 이런 것이 나가도 되려나?

다행이다. 방송에 나와도 될 듯하다. 아니나 다를까, 우리나라 경찰이 이렇게까지 타락하지는 않았다.

경찰차가 남편을 잡으러 간다.

어? 근데 잡히면 어떡하지?

머릿속에서 계속 걱정들이 수싸움을 하고 있는데, 남편이 성난 목소리로 통화상대를 영길 씨로 요청했다.

"바로 영길 씨로 바꿔. 수미 씨는 빠져."

이후 해당 여자배우를 김향란 고객 역할을 한 이연주 배우로 바꾸기로 했다.
서로 얼굴을 보지 않고 통화만 했으니, 무리는 없을 거다. 그리고 연극배우 출신이라 순발력도 더 좋을 것이다.

남편은 다행히 경찰차를 따돌리고 잘 도망갔다.
경찰을 따돌리기까지 한순간도 눈을 떼지 못하고 손에 땀을 쥐며 봤다.
내 윗도리도 이미 축축해진 상태다.

남편이 비밀아지트에 도착했다.
침대 옆에서 어떤 쪽지를 꺼냈는데, 이건 우리가 준비한 것이 아니다.
다른 참가자가 저기에 끼워 놓은 것 같다. 무슨 내용을 보고 있는지 모르겠다.
다행히 별다른 행동은 하지 않고, 우리가 미리 핸드폰에 조작해 놓은 뉴스를 봤다.

"남편 핸드폰 영상 띄워 봐."

카메라 팀에서 남편의 핸드폰 화면을 메인화면에 보이게 조치했다.

우리가 준비한 첫 번째 뉴스를 보고 있다. 댓글까지 다 확인하고 나서야 두 번째 기사로 넘어갔다.

두 번째 기사는 우리가 준비한 댓글을 보지 않아서 아쉬웠다.

그리고 뭘 더 볼지 궁금했는데,

…

핸드폰을 손에 쥔 채 바로 잠들었다.

"감독님, 남편분 잠들었습니다."

"어, 그래. 상황 끝. 상황 끝. 모두 고생하셨습니다. 남편분 기상할 때까지 우리도 쉽니다. 두 명씩 2시간씩 스탠바이하겠습니다."

하아.

모두 한순간에 긴장이 풀리는지, 여기저기서 한숨 또는 그와 비슷한 숨 빠지는 소리가 들려왔다.

나 역시도 이번 프로젝트를 맡고 이렇게 몰입했던 적은 처음이기에 피로도가 급상승했다.

스탭들도 나와 같았나 보다.

"와, 이번 남편 정말 대박 아니냐?"

"형님, 저 숨도 못 쉬고 있었어요. 하하하."

"거침없네요. 아까 진짜 경찰 따돌릴 때는 속으로 계속 욕하고 있었어요."

"진짜 남주되겠는데요?!"

"그동안 그냥 몰카 촬영이라 생각했는데, 오늘은 찐스릴러였어요."

20번이 넘는 반복된 촬영 속에서 모든 스탭들이 지쳐갔다.

이번에는 희망이 보였는지 저마다 들떠 있었다.

대기조 2명을 제외한 다른 스탭들은 편하게 쉬라고 하고, 의자 등받이를 뒤로 젖혔다.

졸았다가, 모니터를 봤다가, 반쯤 잠들었다가, 다시 모니터를 봤다가 어느새 아침이 되었다.

내 옆에 대기조만 있어서 적막했던 느낌이었는데, 주변에 하나씩 인기척이 늘어감이 느껴졌다.

넋놓고 있던 내 정신이 웅성웅성하는 주변으로 인해 자연스럽게 정신이 돌아왔을 때, 슬며시 뒤로 젖혔던 등받이를 앞으로 당겼다.

아침이 되었는데도 남편은 일어날 낌새를 보이지 않았다.

아주 속 편하게 잘 자고 있었다.

점심시간이 가까워지도록 일어나지 않자, 스탭 중 한 명이 계속 전화를 걸고 있었다.

"아이고~ 아주 휴일 납셨네요. 꿀잠 주무시는구나~"
10번째 전화를 걸 때, 그 스텝의 입에서 한마디가 흘러나왔다.
나는 현상이가 사 온 김밥을 먹으며 모니터를 보고 있었다.

젓가락을 집어 김밥 한 개를 다시 입에 넣으려던 나는 깜짝 놀라서
김밥을 땅에 떨어뜨렸다.

"으아악! 아, 개 같은 꿈이네."

남편이 일어나면서 큰소리로 욕을 한 것이다.
어제 일로 인해 꿈자리가 사나웠나 보다. 괜히 미안한 마음이 살짝
들었다.

남편이 돈과 전기충격기를 챙겼다.
역시 이 두 가지를 놓치지 않고 챙기는구나.
밖으로 나온 그는 1층 식당으로 가서 밥을 시켰다.

"카메라 팀, 식당 TV에 뉴스 송출. 뉴스 송출해 주세요."
"아, 그리고 식당 내 다른 손님들, 괜히 남편 처다보지 마세요. 주의
하세요."

남편이 뉴스를 듣고, 식당 사장 역을 맡은 배우와 눈이 마주쳤다.
식당 사장이 슬며시 주방으로 들어간다.

남편이 자리를 옮겼다가 따라 들어간다.

곧이어 벌어지는 상황으로 인해, 뒤에 서서 구경하던 스탭들이 소리를 질렀다.

"꺄악~"

나를 깜짝 놀라게 한 범인들은 스토리를 자세히 모르는 스탭들이다.

"식칼, 날이 없는 식칼입니다. 그래도 위험하니 식당 사장, 최대한 협조합니다."

내 뒤에서 "아~"와 "휴~"가 들려왔다.

"감독님, 식당 사장이 신고를 못 하고 남편한테 미리 제압당했는데, 어쩌죠?"

"아, 그러네?"

"원래는 경찰이 투입되어야 하는데, 남편분이 사전 차단한 셈입니다."

그렇다. 원래 시나리오대로라면 식당 사장이 신고를 하고 곧이어 경찰이 투입되어야 한다.

그런데 남편이 아예 신고를 못 하도록 조치를 취한 것이다.

의자를 톡톡거리며 고민한 사이, 남편이 식사를 끝마쳤다.

식칼과 만 원을 주방에 놓고 나가는 중이다.

만약 남편이 식칼을 계속 갖고 있었다면, 끝까지 고민했을 것이다.


"경찰 투입시켜. 경찰 투입."

투입된 경찰 두 명과 남편이 대치된 상황.

"혹시라도 전기충격기를 쓰면 실감 나게 잘 기절하세요. 연습한 대로 잘합시다."


남편이 경찰 두 명에게 전기충격기를 썼고, 우리 배우들은 다행히도 잘 연기해 주었다.

특히나 두 번째 배우는 남편의 위를 덮쳐지면서 기절한 것이 아주 압권이었다.


정신을 차린 남편은 밖으로 나가 역으로 뛰어갔다.

이제 전철을 타고, 부평역으로 가면 된다.

세계에서 가장 크고 복잡한 부평역 지하상가에서 마지막 미션장소가 있다. 그곳에 도착하면 깡패 역할을 맡은 배우 두 명이 있다. 스토리상 남편에게 쉽게 져주거나 자리를 비켜줄 것이다.

그리고 USB를 컴퓨터에 꽂으면 컴퓨터 화면에서 "축하합니다. 당신은 1억 원의 주인공이 되셨습니다."라는 문구가 뜨며 이야기가 끝나게 된다.


이제 내가, 아니 우리가 몇 달을 고생한 결실에 다다르고 있는 것이다.

아직 방심하면 안 된다. 마지막까지 긴장의 끈을 놓지 말자.

"감독님, 남편분이 전철역을 지나쳤습니다."

뭐라고? 또 돌발상황이 벌어지고 있다.

남편의 돌발상황에 카메라는 현재 남편의 옷에 부착된 카메라만이 보인다.

1인칭 시점으로 시야가 좁게 보이기 때문에 제대로 된 상황 파악이 힘들다.

"카메라 팀 CCTV 해킹해서 계속 비춰 봐."
"네, 알겠습니다."

전철역까지 동선을 정해서 카메라를 설치했다.

그런데 카메라를 벗어나자, 어쩔 수 없이 해킹 전문가의 손길이 필요했다.

남편이 오토바이 가게 앞에서 멈춰 섰다. 오토바이를 사려나 보다. 그런데 바로 사지 않고 있다.

"감독님, 상황 종료하고 현장 개입할까요?"
"잠깐만 지켜보자고."

남편이 오토바이를 번호판이 붙어있는 채로 구매했다. 헬멧도 바로 샀다.

CCTV에 비춰진 헬멧을 쓴 남편은 이제 그 누가 봐도 알아보지 못할 것이다.

심지어 그를 아는 사람이 옆을 지나가도 그인지 모를 것이다.

이 남자, 지금 진심이다. 지금 상황에 진심인 것이다. 현재 배역에 오롯이 몰두해서 최선을 다해주고 있다.


멋있다. 멋있는 남자다. 다른 남자들처럼 단순히 몰카를 당하는 사람이 아니다.

함께한 시간 내내 나를 긴장하게 만든 남자다.

그가 가족들을 위해 한 대사들, 지금의 상황을 이겨내기 위한 선택들, 여태까지 실제로 한 모든 행동들이 한순간에 내 뇌리 속으로 몰려들어왔다.

한참 상념에 잠겨 있을 무렵, 김민희 방송작가가 내게 다가와 말했다.


"감독님, 놓쳤어요. 아, 이렇게 돌발행동을 자꾸 해서 어떡하죠? 중단할까요?"


나는 그런 그녀를 잠시간 빤히 바라봤다.


"진행해, 역대급 스토리 나올 것 같다."

제4장

가해자

인천의 중심인 부평은 언제나 사람이 많다. 언제든 사람이 많이 지나간다.

오늘도 역시 출근길에도, 퇴근길에도 사람이 꽉 찰 것이다.

출퇴근길이 아닌 대낮에도 부평은 사람이 많다.

나는 부평 지하상가의 수많은 입구 중 한 곳에 오토바이를 세워두고 사람들에게 자연스럽게 섞여 들어갔다.


띠리리링, 띠리리링.


이제는 내 핸드폰인 양 자연스럽게 받았다.

나를 도와준다고 밝힌 그 남자에게 가야 될 위치를 들었다.

'L-12', 지하상가에 있는 몇백 개의 가게에는 상호명 밑에 저렇게 호수가 적혀 있다.

내가 갈 곳은 'L-12'다.

그는 이제 '이곳을 가면 정말 내 누명을 벗길 수 있을까?'라는 생각보다는 빠르게 일을 해치우고 싶다는 생각의 비중이 커졌다.


지하상가에 들어와서 호수가 'L'로 시작하는 가게를 찾고 있는데, 누군가 나의 등을 두드렸다.

어깨에 톡톡 닿는 것을 느끼고 뒤를 돌아보니, 낯선 남자가 왼손으로 한수혁의 어깨를 감쌌다.

어렸을 때 친구가 우연히 나를 만나서 반가움에 어깨동무를 한 것인가.

고개를 돌려 남자를 바라보니, 기억 속에 있는 사람이 아니었다.


"자연스럽게 따라와. 자연스럽게."


"하."

입에서 어이없는 헛웃음이 흘러나왔다. 이 상황은 뭔가. 내 나이 삼십이 넘었는데, 누군가가 나에게 삥뜯으려고 하는 추임새였다.

상황 파악을 하는 사이에 어느새 화장실에 와있었다.

얼핏 봤을 때 20대 초중반 정도 어려 보이는 남자 세 명이었다.

상황이 상황이니만큼 입에서 "누구세요?"와 같은 좋은 말이 나올 수는 없었다.


"뭐지?"

내가 어이없어하며 물어봤다.

"씨발, 모른 척하네?"

낯선 남자가 대답했다. 이유도 모른 채 세 명의 남자에게 둘러싸이니, 싸우자는 생각밖에 안 들었다. 그중 제일 양아치처럼 생긴 놈이 말했다.

"히히, 오랜만에 삥뜯는 기분인데, 너네랑 옛날에 많이 했는데."

그 말을 듣고, 오전에도 효과를 톡톡히 봤던 전기충격기를 꺼내 들었다.

파지지직.

"이 어린 새끼들이 사람을 호구로 보네?"

내가 흥분해서 전기충격기를 휘두르자, 다가오고 있던 세 남자는 주춤했다.

"와, 시벌. 스펙타클하네. 이런 거 들고 다니는 새끼는 처음 본다."
다른 남자가 비아냥거리면서 대답했다.

"먼저 오는 새끼부터 지진다."

말을 하며 다시금 파지지직 전기충격기를 켰다.

"야, 쫄지 마. 우리 세 명이야. 내가 먼저 갈게. 나 지지고 있으면 너네가 존나 패. 알았지?"

"오키, 너가 몸빵 먼저 해. 존나 웃기네. 킬킬."

이 새끼들이 움츠러들지 않고 낄낄대며 웃었다.

"얘들아, 내가 삼십 대인데 이건 너무하지 않냐? 내가 지금 일이 있어서 그냥 보내주면 나도 공격 안 할게."

나는 최대한 좋게 말하고자 노력했다. 돌아오는 대답은...

"조까!"

몸빵하기로 한 애가 양팔을 벌리며 다짜고짜 나를 껴안았다.

파지지직.

나는 바로 전기충격기를 그놈의 배에 먹였다.

"으아아악! 아아? 어?"

맨 앞에 있는 놈이 소리를 지르다가, 뒤에 있는 지 친구들을 한 번씩 보더니 다시 말을 이었다.

"야, 그냥 조져!"

뭐지? 전기충격기가 고장났나?

전기충격기 뒷부분으로 나를 껴안은 놈의 뒤통수를 내리찍었다.

억.

그 순간, 왼쪽에 있던 놈의 주먹이 내 관자놀이를 때렸다. 다행히 턱을 맞지는 않았다.

나를 껴안았던 놈을 오른쪽 놈에게 있는 힘껏 밀고, 전기충격기 뒷부분으로 내 관자놀이를 때린 놈의 광대뼈 부분을 내리찍었다.

"아, 씨바."

오른쪽에 있던 놈이 전기충격기를 발로 차서 떨어뜨렸다. 그 순간 왼손으로 그 녀석 인중에 스트레이트를 날리니 "억!" 소리가 났다.

맨 처음 나를 껴안았던 놈이 뒷목을 잡고 일어나는 것을 보고 오른발로 그 녀석의 복부를 밀어서 날려버렸다.

우당탕.

그러고 나서 나는 바로 도망쳤어야 했다. 내가 이들과 끝까지 싸워서 무엇하겠는가. 이겨서 뭐에 써먹겠는가.

나는 어린애들이 먼저 덤볐고, 내가 이기고 있다는 생각에 방심하고 있었던 것 같다.

광대뼈를 맞은 애가 손바닥으로 내 얼굴 정면을 때렸다. 일명 뺑튀기를 맞은 것이다.

순간 코끝이 찡해지며, 눈앞이 뿌예졌다. 앞이 잘 안 보였다. 오른손으로 그놈의 어딘가에 훅을 날렸다.

누군가가 내 배를 찼다.

"욱."

왼손을 크게 휘두르자, 어디를 때린지는 모르겠지만, 타격감이 느껴졌다.

있는 힘껏 눈을 찡그리고 작게 떠서 내 바로 앞에 있는 놈의 다리에 온 힘을 다해 로우킥을 날렸다.

그 순간, 내 오른쪽 얼굴을 오른쪽에 있던 놈에게 주먹으로 가격당했다. 그러고는 정신을 차릴 수가 없었다.

그러고 나서 이어지는 다구리. 한동안 고개를 푹 숙이고 양손으로 내 양쪽 귀를 보호하고 팔꿈치를 붙여서 내 얼굴 앞을 막으면서 가드했다.

몸에도 몇 대 맞았지만, 꿋꿋이 가드를 내리지 않았다. 조금 버티자 뿌옜던 눈앞이 약간 환해졌다. 잘 버텼다. 나를 때리느라 방심하고 있던 두 명을 내 양손으로 힘껏 밀어서 뒤로 날려버렸다. 곧이어 오른손으로 남은 놈의 명치를 때리고 "욱!" 하는 사이에 화장실 변기가 있는 곳으로 들어가서 문을 잠궜다.

쾅쾅.

"문 열어. 이 개새끼야. 넌 뒤졌어."

쾅쾅쾅.

"아, 씨발~! 빨리 열라고 시간 아까우니까."

잠깐 한숨을 돌리는 사이, 한 놈이 옆 칸에서 좌변기를 발로 밟고 올라와 손을 휘저었다.

"얘들아, 그만하자. 이만하면 되지 않았냐?"

내 말을 들은 그놈은 마포걸레 자루를 들고 와서 욕지거리를 내뱉으며 나를 공격했다.
불안정한 자세로 휘두르던 마포걸레 자루를 피하던 나는 무심코 그것을 잡았다.
제자리에 두 발을 내딛고 서있는 내가 마포걸레 자루를 잡자, 손쉽게 뺏을 수 있었다.
마포걸레 자루를 뺏고 나서, 칸막이 너머로 얼굴을 내밀고 있는 그놈의 정수리를 갈겼다.

퍽!!!

"아씨빡, 좆같네. 딱 기다려라."

쏴악.

아, 차가워! 바가지로 내게 물을 뿌린 것이다. 문 너머에 있는 세 놈이 좋다고 웃고 있었다.

바가지 물을 한 세 번 정도 맞았나. 그 틈을 타고 한 놈이 옆 칸에서 좌변기를 밟고 뛰어올라 칸막이를 넘어 내 쪽으로 넘어왔다.

나는 당황하지 않고, 안면에 원투 펀치를 적중시키고 계속해서 훅을 날렸다.

몇 대 맞고 상체를 쑤구려 방어하기에, 왼손으로 목덜미를 잡고 더티복싱을 펼쳤다. 결국 그놈의 입에서 항복 선언이 나왔다.

"그만 때리세요. 죄송합니다. 그만 때리세요."

얼굴이 붓고 코피가 터진 이놈의 얼굴을 보자, 나도 미안한 감정이 조금 들었다.

어려서 세상 무서운 줄 모르는 동생 같다고나 할까.

그때 나한테 얻어터진 놈이 발로 화장실 잠금장치를 퍽 차면서 문이 열렸다.

좁은 공간에서 두 명과 개싸움을 각오하고 이빨을 꽉 깨물었다.

동시에 멀리서 소리치는 것이 들렸다.

"경찰입니다. 민원신고 받고 왔습니다."

상대편 두 명이 몸으로 내게 밀어 들어왔지만, 곧바로 뛰어 들어온 경찰들이 그 둘을 잡아당겼다.

경찰 중 나이가 많으신 분이 우리를 향해 말했다.

"가만있어, 수갑 차기 싫으면. 일단 나가자."

그래서 내가 대답했다.

"저는 피해자입니다. 그냥 가만히 가는 길인데, 이 세 명이 저를 때렸습니다."

"아, 그래요? 일단 갑시다."

화장실 한 칸에 뒤죽박죽이 되어있던 남자 4명은 줄줄이 경찰들과 함께 가게 되었다.

나를 공격하던 세 명의 남자는 각자 "씨발." "좆 됐네." "개빡치네." 등 등의 욕설을 내뱉고 있었다.

잠깐, 아무리 내가 명명백백히 피해자라고는 하지만... 경찰서를 가면 신원조회나 이런 것도 할 것이 아닌가.

살인 2건으로 현상수배 중이고, 음주운전 도주까지 한 것이 탄로 날 것이다.

나는 다급하게 물었다.

"경찰관님, 저는 그냥 가는 길에 붙잡혀서 맞은 사람입니다. 그냥 합의 보는 걸로 하고 이만 가도 될까요?"

"서에 가서 얘기합시다."

"제가 진짜 지금 일이 바빠서 그렇습니다. 애네들이 처벌받기 바라지 않으니까 괜찮습니다."

"아니, 일단 서에 가서 진술하시면 된다고요. 아니, 막말로 당신이 애들을 일방적으로 때린 건지 아닌지 어떻게 알아. 피해자든, 쌍방 폭행이든 경찰서부터 가시자고요."

일이 갈수록 꼬이고 있다. 화장실을 나가면서 거울을 보며, 나는 당연히 내 얼굴도 만신창이가 되어있을 줄 알았다. 그런데 내 얼굴은 말짱한 것이 아닌가?

상대방 애들의 얼굴이 모두 얻어터진 것을 보고, 나도 최소한 그 정도는 되어있을 줄 알았다.

"와, 씨바, 얼굴 개씹창났네."

그중에서도 처음에 나한테 말 걸었던 놈이 혼잣말을 했다. 화장실 칸막이를 넘어온 이놈은 얼굴을 알아볼 수 없을 정도였다.

이제 지하상가에서 지상으로 올라가는 에스컬레이터 앞에 도달했다. 이대로 경찰서에 가면 나는 폭행이 아닌 살인 혐의가 부각될 것이다. 아까 다수와 싸울 때보다 더한 긴장감에 나는 헛구역질이 나올 것같았다. 치고받고 싸우던 남자 4명이 비엔나소시지처럼 엮여서 경찰을 따라갔고, 그중 나는 3번째 소시지였다. 에스컬레이터를 타기 직전 은근히 뭉그적대며 4번째 소시지로 자리를 바꿨다.

그렇다. 나는 어떻게든 경찰서에 가지 않으려고 한다. 이번에도 도주를 해야 된다.

내가 어쩌다가 이렇게 도망자 인생이 되었을까. 어째서 하루 만에 인생이 이렇게 망했을까? 이런 생각에 허무감이 들고, 허무감은 곧 분노로 바뀌었다. 자칫 애네들한테 화가 다 옮겨갈 뻔했다. 내가 살인 누명만 안 썼더라도 이렇게 도망가는 일 없이 피해자로 당당히 진술했을 것이다. 그렇기에 그 화는 나를 누명 씌운 놈들에게 가야 한다. 애네보다 그놈들에게 몇 배 이상의 분노를 쌓아 놨다.

그리고 뒤를 한번 돌아보며 기회를 노렸다.

제5장

제삼자

그 시각.

"감독님, 남편분 놓쳤습니다. 촬영 팀도 다 못 따라갔습니다."

정말 각본 없는 영화를 촬영하는 기분이다.
현장에서 오토바이를 살 줄이야. 정해진 스토리 없이, 대본 없이 본
인의 역할을 극적으로 수행하고 있다.

"오토바이 타고 가는 장면까지는 찍었지?"
"네. 오토바이 가게에서부터 보이는 시야까지는 잡았습니다."
"오케이, 좋아. 어차피 미션 장소에 도착하면 거기서 대기 중인 촬영
팀한테 다시 찍힐 거야. 좋아."

현재 모니터에서는 남편의 옷에 부착된 카메라만이 잡히고 있다.

그 화면조차 오토바이를 타고 이동하기에, 어느 곳인지 감조차 안 잡히도록 이동하고 있었다.

계속 보고 있자니, 롤러코스터를 보는 기분이다. 이번 남편의 영상을 계속 보면서도 내 기분은 롤러코스터였다. 남편이 오토바이를 세우고 나서 지하상가로 내려간다.

그래 좋다. 이제 마지막 미션을 깨면 이번 프로젝트도 끝날 것이다. 그 후 성공은 천운에 맡겨야겠지.


그런데 긴급 상황이 벌어졌다.


"양 감독, 저게 무슨 일이야 지금?"

"어떤 남자들이랑 싸우고 있는데요?"

"뭐야, 저게? 저런 기획은 없었지?"

"네, 실제로 벌어지는 것 같습니다."

"쯧 났다. 현장 투입해서 말려. 상황 종료."


어쩔 수 없다. 지금까지 찍었던 사람들과는 다르게 이번에는 점점 우리의 손을 떠난다고 느끼긴 했다.

그런데 음주운전 도주, 폭행사건 연루, 모두 실제로 벌어지게 된다면 뒷감당할 자신이 없다.

우리는 최선을 다했다. 이번에 잘못되면… 뭐 어쩔 수 없다. 지금까지 찍은 것만으로 만들 수밖에 없다.

투자자들의 원성을 감당하는 것은 내가 해야겠지.

하지만 이렇게 실제 범죄로 이어지면 안 된다. 이건 위험하다.


"미션 장소 앞, 조직원 배우들이랑 촬영 팀, 전부 지하상가 화장실에 가서 싸움 말려."


무전기에 대고 다시 한번 말했다. 촬영팀은 그 와중에도 카메라를 들고 뛰고 있었다.


"이거, 실제 상황이야. 진짜 큰일 벌어지기 전에 말려야 한다."

"감독님, 카메라 돌려보니, 촬영 초반 남편분이 떠밀어서 화가 나 쫓아온 남자들 같습니다."

"나도 알아, 아니깐 빨리 수습하려는 거야."


남편의 카메라에 남자 세 명에게 둘러싸인 모습이 잡힌다. 가까이 있기에 그들의 얼굴까지 보이지는 않았다.

오디오에서는 계속되는 욕설과 타격음이 들린다. 겁이 많은 스탭들은 발을 동동 굴리며 잠시 자리를 피했다.

아마도 남자 세 명한테 집단 구타당하고 있을 거란 생각에 초조함이 몰려왔다. 오른손 검지로 의자를 계속 두드리게 되었다. 최악의 경우 손해배상 청구까지 해야 되는 건가. 폭행으로 인한 합의금까지 우리가 줘야 할 상황이 올지도 모른다. 합의금은 실제 그를 때린 사람들에게 받을 수 있겠지만… 우리의 존재가 드러난다면 법원의 판결이 어떻게 될지는 나도 지금 당장은 잘 모르겠다.

　시간이 지났건만 아직도 스탭들이 도우러 도착하지 않았다.


　"뭐해? 빨리 지하상가 화장실 가서 상황 종료시키라고! 우리 다 같이 말아먹는 꼴 보고 싶어?"


　이 업을 하면서, 이렇게까지 흥분한 적은 아마 처음일 것이다. 그럼에도 아직도 남편의 상황은 호전되지 않았다.


　"야!"라고 소리치며 무전기를 통해 또 화를 내리던 찰나, 촬영 팀 카메라를 통해 그들이 드디어 화장실 앞에 다다랐다는 것을 알았다. 그리고 이들은 아까부터 멈추지 않고 뛰었다.


　조직원 배우들이 먼저 화장실에 뛰어들어갔고, 그 뒤를 촬영 팀이 뛰어가며 촬영했다.

　화장실 내부가 화면에 비친 순간… 내부를 보니, 할아버지 두 명이 소변을 보고 있었다.

　할아버지가 카메라를 대고 말했다.


　"뭐여?"


　…

"감독님, 여기가 아닙니다."

"빨리 다른 화장실에 가봐."

"네, 알겠습니다."

그 사이 남편은 화장실 칸에 숨어들었다. 얼마나 맞았으면 저렇게 도망간 건지 모르겠다.

죄책감, 죄의식이 몰려왔다. 이런 상황이 오게 만든 내 잘못이다. 내 책임이다. 그에게 사죄해야 한다.

"감독님, 다른 화장실에도 없습니다."

"그럼, 대체 어디야!"

"여기 지하상가가 너무 넓습니다. 어디로 가야 하는지를 모르겠습니다."

젠장. 그들이 말하는 소리가 또 무전기에서 들려왔다.

무전기 옆에서 어디가 어디냐고 혼잣말하는 욕설이 들려왔다.

뒤에서 인천 출신인 스탭이 나에게 뭐라 뭐라 설명을 해줬다.

"어? 인천 지하철역 화장실도 있고, 부평역 바로 앞에 화장실도 있다는데, 어? 부평역 바로 앞에 분수대 앞 화장실은 사람이 맨날 많아서 아닌 것 같고, 어? 사람이 없는 거 보니, 지하상가 중간지점 옆쪽에 화장실인 거 같다고?"

"거기를 어떻게 가야 하는지 모르겠습니다."

무전을 하는 동안 남편의 옷에 부착된 카메라가 꺼졌다. 오디오도 지지직거리면서 꺼졌다.

열이 머리끝까지 뻗쳤다.

"그런 건 현장에서 알아서 해야지! 누구한테 길이라도 물어보든가. 길도 못 찾는 걸 여기서 어떡하라는 거야!? 니들 일 그딴 식으로 할래?!"

촬영 팀이 할 말이 있는 듯 무전기를 통해 뭐라고 하려고 하다가 한숨만 쉬고 무전을 끊었다.

결국 어찌어찌하여 그 화장실로 갔지만, 그를 찾지 못했다. 혹시나 해서 지하상가의 모든 화장실을 가봤지만, 그 어느 곳에도 없었다. 옆에서 눈치 없는 스탭 놈이 부평 지하상가가 우리나라에서 제일 넓다고 말하고 있다.

\* \* \*

에스컬레이터 위를 올라가면 금방 경찰서다. 이대로 경찰서를 가면 안 된다. 내가 맨 뒤에 위치하지 않았다면 도주하기가 쉽지 않았을 것이다. 다행히 아직 내 운이 다하지는 않았나 보다.

나는 하품을 하는 척하면서 오른손으로 에스컬레이터 손잡이를 잡고 반대편으로 건너뛰었다.

그리고 그 즉시 계단을 한 번에 두 칸 뛰기를 하며 내려왔다.

내 옆에 있던 경찰은 당황하며, 나를 즉시 따라 내려왔다. 위로 올라가는 에스컬레이터에서 밑으로 내려가는 것과 내가 두 칸 뛰기로 내려가는 것은 내가 압도적으로 빨랐다.

경찰 두 명이 나를 뒤쫓아오는 것을 보며, 나는 다시 지하상가 안으로 들어갔다.

나머지 경찰들은 지금 연행하고 있는 아이들 때문에 나를 쫓아오지 못했다.

부평역 지하상가에서 중앙 큰길은 두 줄로 되어있다.

왼쪽 벽면에 상가가 일렬로 쭉 이어져 있고, 오른쪽 벽면에도 상가가 일렬로 쭉 이어져 있다.

그리고 그 사이에도 상가가 일렬로 쭉 이어져 있다. 마치 2차선처럼.

사이에 있는 상가는 반대편으로 뚫려 있는 곳도 있다.

덧붙이자면 중앙 줄에 있는 상가들은 1차선에서도 들어올 수 있고, 2차선에서도 들어올 수 있다.

나는 한 청바지 가게에서 1차선으로 들어가서 2차선으로 나왔다. 그리고 맞은편에 있던 옷 가게에 들어가서 티셔츠를 하나 집고, 피팅 룸에 들어갔다. 바깥 상황은 모른다. 부평역 지하상가는 기본적으로 유동인구가 많다. 지나가는 사람이 항상 많다는 것이다. 옷을 갈아입고, 젖은 옷은 옷가게 피팅 룸에 그대로 놔둔 채로 나왔다. 그 앞에 있는 모자를 하나 썼다. 가게 주인한테 가격에 관해 흥정할 시간은커녕 얼마냐고 물어볼 정신도 없었다. 거스름돈을 받을 여유도 없었다. 티셔츠와 모자를 사겠다고 하고 5만 원을 쥐여주며 바로 나왔다. 내가 인천 사람이기에 잘 안다. 이 옷과 모자는 결코 5만 원을 넘을 수는 없다.

그렇게 나오는데, 괜히 신경이 쓰여 뒤돌아보고 물어봤다.

"티랑 모자 얼마예요?"

"5만 원이요."

"네."

이게 5만 원이라니, 어디서 덤터기를…

다행히 경찰들은 나를 지나쳐서 갔던가, 되돌아간 것 같다. 아마 CCTV를 돌려보고, 나를 찾아볼 것 같긴 하지만 그건 추후 일이다. 지금 잡힐 수는 없다.

USB를 주기로 한 곳은 지하상가 내부에 있다. 그런데 지금은 경찰이 나를 잡기 위해 혈안이 돼있을 것 같다. 시간이 지난 뒤 다시 가봐야 할 것 같다. 일단 지하상가 밖으로 벗어나 내 오토바이가 있는 곳으로 가야겠다.

부우웅, 부우우웅.

전화가 왔다. 아직 받지 않고 핸드폰 통화목록을 살펴보니, 나를 도와준다는 사람들로부터 부재중 전화가 많이 와 있었다.

받지 않았다. 잠시 이들을 생각해봤다. 가라는 곳으로 왔다가 괴한들에게 공격당했다.

그렇다고 이들이 나를 누명 씌우려는 놈들과 한패라는 생각은 들지 않았다. 이런 수고스러움을 할 리는 없을 것이다.

그렇다는 것은 나쁜 놈들보다 능력이 없다는 것이겠지.

USB를 줘 봤자 믿을 것이 못 된다. 이렇게 수가 다 읽히는데 어떻게 이긴다는 것인가.

내가 천신만고 끝에 USB를 전달해도 금방 뺏길 것이 분명하다.

이런 상황에서 이들만 믿어선 안 되겠다. 나도 다른 플랜2를 세워놔야겠다.


부우웅, 부우우웅.


또 전화가 왔다. 뭐라 하는지 말이라도 들어보려고 받았다.


"여보세요."

"한수혁 씨, 어디신가요? USB는 어떻게 됐죠?"

"부평역 근처요. 아직 갖고 있어요."

"부평역 근처면 접선장소 코앞이군요. USB 전달 부탁드립니다."

"아까 누군가가 절 공격했고, 방금 경찰한테 잡힐 뻔했어요. 경찰 눈에 띄기 전에 일단 자리를 옮겨야겠네요."

"어디 가시게요? USB만 주면 끝납니다. 잠깐 들러서 USB만 주고 가세요."

"경찰이 아직 지하상가를 돌아다닐 수도 있어요. 이런 위험을 무릅 쓰고 지하상가에 다시 들어갈 수는 없어요."

"잠깐이면 되잖아요. 그것만 주면 나머지는 저희가 다 알아서 하겠습니다."

"다 알아서 한다고? 그걸 다 알아서 한다는 사람들이 상황을 이렇게 만들어? 막말로 내가 감빵 가면 당신네들이 책임질 거야?"

"그니까 USB만 주면 해결된다고요. 저희를 믿고, 금방 주고 가세요."

"믿어? 내가 니들을 어떻게 믿어. 접선장소에는 그 새끼들이 미리 대기타고 있는데, 줘봤자 바로 뺏기는 거 아니야? 어제도 덩치 2명이 있었고, 방금 어떤 새끼들이랑 3:1로 싸웠어. 너네였으면 처맞고 뺏겼을 거라고. 내가 죽을둥살둥 갖다줘 봤자.. 아니다. 내가 애초부터 얼굴도 안 본 사람들 믿는 게 아니었어. 누군지도 모르는 사람들이 전화질한 거에 놀아나 준 내가 병신이다."

"한수혁 씨, 이러시면 안 됩니다. 이런 상황 끝내셔야죠."

"아 씨발, 그러니까 니들이 어떻게 끝낼 건데? 그냥 니들이 내가 있는 곳에 와서 USB 받아 가라고. 똥줄 타는 사람 오라 가라 하지 말고."

"네, 다시 연락드리겠습니다."


한수혁은 전화를 끊고, 반평생을 알고 지낸 친구에게 전화를 했다. 17살 때부터 친구였고, 이제는 삼십 대 중반이 되었으니, 엄연히 반평생이라고 표현할 수 있겠다.


\* \* \*

갑자기 남편의 몸에 부착되어 있던 카메라와 녹음기가 꺼졌다. 줄곧 우리의 눈과 귀가 되어주던 것들이 먹통이 되자, 나는 장님, 귀머거리가 된 채로 상황을 진행하는 듯했다.

지금도 남편이 어디서 무엇을 하고 있는지 전혀 예측이 되지 않았다.

급하게 전화연결을 했다. 남편은 우리를 못 믿겠다며, 직접 와서 USB를 받아 가라고 한다.

촬영 팀을 모아 놓고 긴급회의를 했다.

여기서 촬영을 접을 건지, 남편을 설득할 건지.

"아놔, 잠깐 가서 USB만 컴퓨터에 딱 꽂으면 모니터에 "1억 원의 주인공이 되셨습니다."가 뜨는 건데, 답답하네."

"지금 지하상가에 경찰 깔렸대잖아."

"그나저나 진짜 폭행사건에 연루된 것 같은데 어쩌지?"

"아니, 그거 잠깐 1분 정도만 와서 USB 꽂으면 안 되는 거냐고, 그거 몇 분 사이에 잡히겠어?

"조 PD, 그만큼 남편분이 몰입을 잘했다고 생각하자."

회의가 진행이 안 되고 현재 신세 한탄만 하던 중 김민희 작가가 입을 열면서, 우리는 어찌할지를 결정하게 되었다.

김민희 작가는 급하게 에피소드를 하나 만들었다.

"쉘톤호텔 예약 하나 잡아요. 객실에 촬영 세팅해 놓고 연락해서 오라고 해요."

제6장

조력자

오랜만에 치고받고 싸웠더니, 온몸의 근육들이 울부짖는다. 걷는 것
도 힘들다.

잠깐 좀 쉬려고 했더니, 나를 도와준다고 하는 사람들에게서 전화가
다시 왔다.

이번에는 뭔 호텔로 오라고 한다.

"아, 됐어요. 오늘은 친구네 집에서 하루 신세 지고, 내일 연락하든지
말든지 할게요."

"전화로만 하니까 신뢰를 잃는 것 같아서 한번 만나 뵈려고 합니다."

남자를 호텔에서 만나는 것이 약간 찝찝하지만, 지금 내 상황이 이
래서 비밀스럽게 만나는가 보다 했다.

오토바이를 타고 가기에 금방 숙 가서 숙 올 예정이다. 자꾸 전화질
하는 놈의 얼굴도 궁금했고, 만나서 무슨 얘기를 할지도 궁금했다.

프런트에서 예약자 이름 박영길로 카드키를 받고 입실했다.

혼자 호텔 방에 들어온 것은 사실 처음이다. 무지 어색했다. 아까까지 내게 벌어진 일로 정신이 하나도 없었는데, 갑자기 이런 곳에 덩그러니 혼자 있는 것이 괜히 쑥스러웠다. 그 탓에 흥분했던 마음이 약간 차분해졌다.

잠깐 기다렸더니, 벨소리가 들렸다. 방심하고 있다가 깜짝 놀랐는데, 카드키 대는 소리와 함께 문이 열렸다.

혹시라도 하는 마음에 무기로 쓸 게 뭐 없나 해서 슬며시 헤어드라이기를 들었다.

"안녕하세요. 한수혁 씨, 저번에 통화했던 이연주입니다."

웬 여자가 여길 왜 들어오나?

"안녕하세요. 그때는 신세 많이 졌습니다."

아, 그때 나를 빡치게 했던 여자군.

"보는 눈들을 피해서 접선장소를 호텔로 정했어요. 양해 부탁드려요."

"네, 저도 알아요."

"어머, 수혁 씨, 얼굴이 상하셨네요. 어떡해요..."

"아."

나는 그 말을 듣고, 살짝 부어 있는 왼쪽 광대뼈를 손으로 문질렀다.

얘기를 하면서 객실 안 테이블에 마주 앉았다.

처음 보는 여자와 호텔 안에 있자니, 분위기가 이상하고 어색했다.

괜히 일어나서 커피포트에 물을 끓였다.

"커피랑 녹차 있네요. 뭐 드실래요?"

"네? 저는 커피 주세요. 호호."

뭐야? 왜 웃지? 빨리 본론이나 꺼내지. 처음 보는 낯선 여자와 밀폐된 공간에 있으니, 의도하지 않았는데도 분위기가 묘한 것 같고, 빨리 나가고 싶은 마음이 들었다.

"남자분이랑 통화해서 그분이 오실 줄 알았는데..."

"아, 네 영길 씨가 지금 급한 일이 생겨서 저한테 가달라고 했어요. 집도 제가 가까웠고요."

지금 이럴 상황이 아닌데, 왜 자꾸 웃으면서 말을 하는 거지?

그녀와 대화를 이어갈수록 지금은 기억조차 안 나는 나는 옛날 소개팅하던 느낌이 나고 있었다.

무릎 위로 올라오는 치마를 입고 다리를 꼬아서 허벅지가 훤히 드러났다.

상의는 파인 나시와 그 위로 남방을 입은 그녀의 모습에 눈을 어디다 둬야 할지 모르겠다.

나는 묘한 분위기를 타개하고자 사건 관련 질문을 했다.

"그놈들은 대체 어떤 놈들이죠? 대체 왜 아무런 관련도 없는 저한테 이러는 거죠?"

"정식 명칭이나 이런 건 저도 잘 몰라요. 저희끼리는 그냥 쓰레기들이라고 불러요. 전문적으로 누군가를 살인하고, 항상 치밀하게 누명을 씌우는 쓰레기들이에요. 왜 수혁 씨가 타깃이 됐는지는 저도 궁금하네요."

"당신들은 제가 이런 상황인 것을 어떻게 알고 전화했어요?"

"영길 씨 말고도 저희 팀이 몇 명이었어요. 그중에 한 분이 쓰레기들을 계속 감시하는 걸로 알고 있어요. 저도 피해자인데, 여기 함께하게 된 지는 얼마 되지 않아서 자세히는 몰라요."

"그럼 자세히 모르는데, 절 여기로 왜 불렀어요?"

…

뭐지? 왜 대화를 내가 이끌어가야 할 것 같은 분위기인 거지?

"USB에는 뭐가 들어있나요? 아, 여기 컴퓨터가 있으니까 한번 봐봐야겠네요."

나는 물어보면서 컴퓨터에 USB를 꽂고 컴퓨터 앞에 앉았다.

그랬더니, 그녀가 왼손으로 컴퓨터 책상을 집고, 오른손으로 내 의자 등받이를 잡았다.

가슴이 파인 나시는 노골적으로 가슴골이 드러나게 되어 내 시각을 자극했다.

가까워진 그녀에게서 풍기는 향수냄새가 내 후각을 자극했다.


"저도 뭐가 들어있는지는 잘 몰라요. 대체 뭐가 있을까요?"


그런 그녀의 말에 대답을 하지 않고, USB 안을 열어봤다.

그녀의 숨소리가 살살 들려오며 내 청각을 자극했다.

자꾸 신경 쓰다 보니, 그 숨소리의 숨결로부터 내 목에 자그마한 바람이 불어와 살며시 촉각을 자극했다.


USB의 파일에는 파일명도 무슨 뜻인지 모르는 마구잡이 알파벳으로 되어있었고, 비밀번호가 걸려있었다.


"수혁 씨, 힘드셨을 텐데... 술이라도 한잔 하실래요? 제가 사 올게요."

"아니에요. 괜찮아요. 지금 술 먹을 정신은 없네요."

"아..."


이연주라는 여자의 오른손이 의자 등받이에서 내 어깨 위로 올라왔다.

나는 오른쪽 어깨를 한바퀴 돌리고, 일어났다.


"저기요. 살인 누명 도와준다는 사람이 지금 뭐 하는 거예요?"

"죄송해요. 저는 쓰레기들한테 남편이 당했어요. 정신적으로 너무 힘들고... 저랑 비슷한 처지의 수혁 씨를 보니까, 신경이 쓰여서..."

"전 제 아내가 지금도 힘들 텐데, 더 힘들게 하고 싶지 않네요. 이만 가볼게요."

상식적으로 생각했을 때, 저 여자는 남자에 미친 것 같다. 방금까지 깡패들과 싸우고, 경찰로부터 도주한 사람한테 이게 무슨 일이란 말인가.

도움을 주지는 못할망정 여기서 사심을 드러내다니... 역시 이놈들은 믿을 게 못 된다.

얼굴이 새빨개진 이연주라는 여자가 손을 휘저으며 나를 막아섰다.

"아니에요. 죄송해요. 제가 갈게요. 수혁 씨는 여기서 편히 쉬세요."

"전 어차피 오늘 갈 곳이 있었어요."

"네, 그럼 내일 12시에 문자로 장소 보내드릴게요. 1시까지 그쪽으로 오시면 돼요."

"지금부터는 그냥 제가 알아서 할게요. 누명도 제가 벗을 거고요. 그 놈들도 제가 상대할게요."

"수혁 씨, 내일 1시에 저희 쪽 사람들 전원이 오기로 했어요. 그때 오시면 해결될 겁니다. 검찰 쪽 관련된 분, 정치인, 그리고 유명 기자 겸 유튜버. 모두 모여서 이번 일 해결부터 할 거예요. 더 이상 피해자가 나오면 안 되니까요. 그러니까 꼭 오세요."

"아? USB 때문에요? 오늘 만난 김에 이거 그냥 가져가시죠? 불안하니까 복사해서 제 이메일로 하나 보내놓고 드릴게요. 아! 이러면 됐네.

당신네들은 계속 USB를 필요로 했으니까."

...

또 공백이 생겼다. 이 여자는 한 번씩 왜 이렇게 버퍼링이 생기지? 이런 애들을 믿고 하루 종일 고생했다는 것이 너무 아깝다. 내가 뭐에 홀렸었나 보다. 사람이 예상치 못한 상황에 놓이면 눈앞이 캄캄해지고 판단력이 흐려진다더니, 내가 딱 그 꼴이었다.

"그렇게 하면 안 돼요. 제가 갖고 있는 순간 저는 더 위험해져요. 그리고 그 USB는 복사가 안 된다고 알고 있어요. 저도 제가 갖고 가고 싶지만... 전 감시 대상이기 때문에 걸렸다가 죽을 수도 있어요."
"흠."
"마지막으로 한 번만 믿어주세요. 내일 1시에 오셨는데도, 해결이 안 되면 그때는 수혁 씨 마음대로 하셔도 돼요. 저희도 내일 해결이 안 되면 해달란 대로 다 해드릴게요."
"생각해볼게요."

라고 대답하고 나는 객실에서 나왔다.
객실 문을 닫고, 왜인지 한동안 문을 바라보다가 나왔다.
호텔 밖으로 나와서도 한동안 호텔 건물을 바라보다가 자리를 떴다.

오토바이가 있는 곳으로 가면서 나는 아까 전화했던 반평생 알고 지낸 친구에게 다시 전화를 했다.

"어. 나 오늘 하루만 재워줘라."

\* \* \*

김민희 작가가 급하게 써낸 에피소드는 사실 막장이었다.

하지만 요즘은 막장도 잘 먹힌다.

이연주 배우에게 혹시라도 무슨 일이 생기면 제작진이 바로 투입될 것이라고 안심을 주고 에피소드를 시작했다. 여기서 만약에 남편이 이연주 배우의 미인계에 넘어가면 촬영도 종료되고 상금도 못 받고 끝나는 것이다.

화면으로 지켜보니, 한수혁은 생각보다 상대방의 기분을 상하게 하지 않으면서 잘 방어해 냈다. 이연주 배우의 외모나 몸매를 봤을 때, 비주얼은 절대 일반인 수준이 아닌데, 크게 고민하지 않고 나왔다.

그리고 밖으로 나온 한수혁이 친구에게 전화를 하는 것을 보았다.

"방금 핸드폰에 찍힌 남편분 친구한테 전화해서 진행하세요."

한수혁이 쓰는 핸드폰 화면은 제작진 모니터에도 계속 보이고 있다.

봉태호 감독은 아까 한수혁이 호텔에 가기 전, 통화한 친구와 전화를 한 번 했었다.

그리고 방금 한수혁이 그 친구네 집으로 간다고 확정된 순간, 다시 그 친구에게 전화를 걸었다.

봉태호 감독이 한수혁의 친구에게 무언가 제시를 한 것이다.

"남편분 친구, 오케이 했습니다. 감독님."

"자, 좋았어. 에피소드 하나 추가됩니다. 촬영 팀 투입. 남편이 오토바이 타고 오기 때문에 시간 없어요. 카메라 많이 설치하지 말고, 중요한 곳만 설치하세요. 30분 안에 나와야 돼요. 30분."

진작부터 한수혁 친구네 집 앞에서 대기하고 있던 촬영 팀이 신속하게 집 안으로 이동했다. 벨을 누르자, 한수혁의 친구 양중필이 나왔다.

"안녕하세요. 하루 촬영하고 50 주는 것 맞죠?"

"네, 협조해 주셔서 감사합니다. 일단은 카메라 설치부터 하겠습니다."

"네네, 들어오세요. 하하. 요즘 몰카 스케일이 참 대박이네요."

묵묵히 세팅하고 있는 촬영 팀을 가만히 보고 있자니, 인터넷 연결이나 세탁기 수리, 또는 에어컨 청소하러 온 AS기사들이 왔을 때처럼 집에 혼자 있어서 느끼는 불편함이 몰려왔다. 갑작스러운 상황에 할말도 생각 안 나고, 그냥 빨리 끝내고 빨리 갔으면 하는 양중필이었다.

"아, 친구분도 현재 상황을 잘 아셔야 몰카가 실패하지 않습니다."

"하하하. 재밌겠네요."

"현재 한수혁 씨는 살인을 하고 친구분 집에 몰래 온 상황입니다."

"뭐라고요? 살인이요?"

"네, 그래서 그에 맞게 행동해 주시면 됩니다. 아, 잠시만요."

"진짜 살인한 건 아니고, 진짜 몰래카메라죠?"

"네, 몰카인데 뉴스 속보와 인터넷 기사가 뜬 상황입니다. 아셨죠? 아, 잠시만요."


봉태호 감독이 촬영 팀에게 무전을 쳤다.

- 그래서 양중필 씨는 살인자인 한수혁 씨를 신고하게 되었다고 해. -


"네, 그래서 양중필 씨는 친구지만 살인자인 한수혁 씨를 신고할 수밖에 없는 상황이었던 것이죠. 그래서 몇 시간 후에 경찰이 들이닥칠 예정입니다."

"아씨, 아깐 그런 얘기 없었잖아요. 저 그딴 새끼 아니에요."

"양중필 씨, 몰카입니다. 몰카. 설정이에요. 70 드리겠습니다."

"100이면 생각해볼게요. 솔직히 지금 할까 말까, 쫌 그러네요."

"잠시만요."


- 콜해. -


"네. 제가 위에 보고해서 최대한 100에 맞춰보겠습니다."

"그래서, 제가 어떻게 하면 된다고요?"

촬영 팀 카메라 감독과 남편 친구 양중필은 한동안 대화를 나눴다.

"감독님, 세팅 끝났습니다."

카메라 감독은 친구 양중필에게 잘 부탁한다며 악수를 하고 밖으로 나왔다.

제7장

배신자

곧이어, 한수혁이 도착했다.


"여어~ 면상은 어디서 처맞고 왔냐?"
"내 얼굴이 이러면 상대방은 어떻게 됐겠냐?"


오래된 친구라는 것을 증명하듯이 만나자마자 실없는 소리를 주고
받았다.


"됐고, 뭐 어떻게 된 건데?"
"뭐가 어떻게 돼?"


어떻게 된 거냐는 양중필의 말에 한수혁이 되물었다.
다시 물어봤을 때, 그의 반응을 보기 위해서이다. 양중필이 뉴스 이

야기를 하는 것을 보고 다시 현실로 돌아왔다.


"뉴스에 나온 거 뭔데?"

"누명 썼다. 어제 너네랑 술 먹고 사무실에 갔는데, 누가 죽어 있었어. 근데 진짜 내가 죽인 거 아니야."

"망했네. 기억은 잘 나고? 아, 그때 너 술도 별로 안 마셨잖아."

"그러니깐, 나 아니라니까. 하루만 재워줘라. 낼 아침에 나갈게."

"그래. 거실 쇼파에서 자라."

"중필아."

"왜."

"고맙다."

"개소리하지 말고."


한수혁은 들어가서 바로 샤워를 하고 쇼파에 누웠다.

쇼파에 누워있자니, 양중필이 다가와서 쇼파 밑에 앉았다.

괜히 와서 말도 안 걸고, 그렇다고 그냥 방에 가서 자는 것도 아니고, 할 말도 없는 것 같은데, 굳이 내 옆에 와서는... 똥 마려운 강아지처럼 있는 게 오늘따라 왜 이러지?


"수혁아, 술이나 한잔 할까?"

"내가 지금 나가서 술 먹을 상황이 아니다. 다음에 먹자."

"아님, 집에서 한잔 할까?"

"야, 무슨 너가 집에서 언제 술 먹었다고. 여자 없으면 술도 안 먹는 게. 갑자기 왜 이래?"

…

뭐야. 오늘따라 이상하게 평소와 다르게 어색하지?

"중필아, 나 신경 써주는 건 고마운데, 내 걱정하지 말고 가서 편히 쉬어. 일 해결되면 한턱 크게 쏠게."

…

떵동~ 떵동~

???

반평생 알고 지낸 친구와 평소 느껴지지 않았던 어색한 정적을 깬 것은 벨소리였다.

한수혁은 신세를 지게 된 친구를 의심해서는 안 된다고 생각하면서도, 바로 양중필의 얼굴과 표정을 보게 되었다.

이 녀석도 놀란 표정. 그럼에도 물어볼 사람이 양중필밖에 없기에 그에게 물어봤다.

"누구냐?"

"어? 글쎄, 한번 봐야지."

띵띵띵동~

쾅쾅쾅.

한수혁과 양중필이 대화하는 동안 의문의 벨소리는 연속으로 눌리고 심지어 문까지 쾅쾅거렸다.
곧이어 터져 나오는 문밖의 누군가의 육성.

"아, 씨발. 중삐리 빨리 안 열어?"

많이 들어본 목소리였다. 톤과 억양이 익숙한 느낌이 들었다.
인터폰 화면을 보니, 명규가 있었다. 아씨, 뭐야 깜짝 놀랐네.
문을 열어 주니, 명규도 내가 있음에 놀란다.

"뭐야? 이 새끼. 부부싸움 했냐?"
라고 하며 킬킬대고 웃는 명규. 한 대 쥐어패고 싶다. 명규는 친구들 중 몸이 가장 크다. 어릴 때는 그냥 돼지였는데, 꾸준히 헬스를 해서 어느덧 위풍당당한 근육돼지가 된 명규가 들어오자, 집이 꽉 차는 느낌이 들었다.
갑자기 왜 왔냐는 중필이의 말에 근처에서 술 먹고 그냥 왔다는 명규다.

"아 씨봐, 술 먹고 지나가다 그냥 왔다고. 왐마, 혼자 사는 새끼가 심심하다고 징징댈 때는 언제고, 갑자기 오바야?"

그러더니, 계속 나한테 쫓겨났냐고 놀린다. 결국 나는 현재 내 상황을 설명할 수밖에 없었다.


"그래서 오늘 하루만 여기서 자고, 내일 가서 해결하면 살인 누명 벗는 거야."

"왐마, 이 새끼 어릴 때부터 눈깔에 독기가 있어서 언젠가 한 건 할 줄 알았어."

"아봐, 누명 썼다고. 누명. 내일 벗긴다고."

"그래그래. 너 원래 벗기는 거 잘하잖아. 하하하."

"하아..."

"알았어. 알았어. 그나저나 너한테 누명 씌운 놈들 잡아 족쳐야 되는 거 아니냐?"

"그러게. 근데 아직 누군지도 몰라."


명규가 비장한 표정으로 목소리를 깔면서 어릴 적의 내 흉내를 내며, 또 장난을 친다.


"옛날에도 너 〈복수가 복수를 낳는다고? 개소리. 복수는 필수다.〉라면서 누가 당하기라도 하면 무조건 복수하고 다녔잖아. 중삐리 너도 기억나냐? 하하하."

평소라면 가장 말 많았을 중필이가 아까는 똥 마려운 강아지처럼 있더니 지금은 꿀 먹은 벙어리가 되었다.

명규랑 나랑 말하는 데 혼자 멍하니 있다.

아무튼 이 녀석은 이런 상황에서도 농담 질이냐고 생각하고 있는데, 명규가 내게 다시 말한다.

"수혁아, 너한테 무슨 일 생기면 내가 복수해 줄게. 걱정 마라. 너가 옛날에 내 복수해 줬던 것처럼... 뭐, 이제 나한테 그럴 능력도 좀 되고. 하하하."

갑자기 뭉클하면서 눈에 습기가 찬다. 나이 먹고 이게 웬 주책이냐.

갑자기 명규가 벌떡 일어나더니, 나한테 나가자고 한다.

"야. 씨바, 뭐. 모르겠고, 일단 술이나 한잔 빨자."

"내가 지금 밖에서 술 먹을 상황이 아니야."

"아니, 그냥 편의점이나 갔다 오자고... 아 씨바, 괜찮아! 내가 살게. 넌 편의점 들어오지 마. 걍 같이 가기나 해."

"넌 머리 안에 술 먹을 생각만 들어있냐."

중필이와 둘이 있을 때는 별로 생각이 없었는데, 명규가 억척스럽게 밀고 나가기에 또 '한잔 할까!'라는 생각이 들긴 했다. 아무튼 그렇게 따라 나갔다.

어릴 때는 이렇게 셋이 자주 붙어 다녔다.

명규와 편의점을 가면서 내가 지금까지 있었던 일을 말해줬다.

너네와 술 먹고 사무실에 갔는데 사람이 죽어 있었다는 얘기부터 아내가 위험할 뻔했다는 얘기. 그리고 누군가 나를 도와주고 있다는 사실도 포함했다.

현상수배 걸린 상황인데, 중필이가 나를 하룻밤 재워준다는 얘기도 했다.

아내와 서연이가 위험할 뻔했다는 얘기를 할 때는 그 새끼들 쥐어패러 가야겠다며 흥분했다.

아직 미혼인 명규는 서연이를 무척 예뻐했다.

아, 그리고 뉴스를 보다가 내가 현상수배가 걸렸단 기사가 나왔다는 얘기를 했을 때였다.


"뭐라고? 난 그런 뉴스 본 적 없는데?"

"니가 뉴스를 안 보니까 그렇지."

"아냐, 나 맨날 뉴스 봐. 밥 먹을 때마다. 뉴스는 오히려 중삐리가 안 보지. 그 새끼는 맨날 너튜브만 보는데."

"TV 말고도 포털뉴스에도 순위권에 있어. 한번 봐봐."


곧이어 내가 내 핸드폰으로 검색해서 명규를 보여줄 때였다.

"왐마, 진짜네? 이 새끼 살인자 되기 직전이구만. 엉? 근데 왜 내 핸드폰에는 그 기사가 없냐?"

명규도 곧바로 검색하여 내게 보여줬다.

똑같은 포털사이트인데 내 핸드폰에는 분명 있는 살인기사가 명규 핸드폰에는 없었다.

뭐지? 명규랑 나는 한동안 서로를 보면서 눈만 깜빡이며 나름대로 생각을 하고 있었다.

내가 아직도 혼란스러워하고 있을 때 명규가 먼저 입을 열었다.


"낚였네, 시발, 이 새끼 낚였어."

"근데 왜 중필이는 내가 살인 누명 씌운 거를 당연하게 받아들였지?"

"어떤 새끼들이랑 사기 치려고 공사 들어간 거 아니냐?"

"와... 시발, 함께한 세월이 얼만데?"

"야, 일단 중삐리한테 전화해 볼게."


명규는 바로 중필이한테 전화를 걸어서 술 사러 왔는데, 지갑을 안 가지고 왔다며 잠깐 와보라고 했다.

귀찮다고 투덜대는 중필이에게 욕을 한 바가지 하고서는 기어이 오게 만들었다.

편의점 앞 파라솔 테이블에 앉아서 세 남자가 캔맥주 한 캔씩 땄다.


"중삐라, 너 수혁이가 살인했다는 인터넷 기사 봤어?"


…


"어어어, 뉴스 봤지. 나도, 나도 개놀랐지 뭐야."

명규가 나보다 먼저 자기 일처럼 나서서 물어봤다. 명규가 추궁하자, 중필이가 왜인지 모르게 더듬거리면서 대답했다.

"그래서, 너 시발, 니가 본 인터넷 기사 어딨는데, 한번 보여줘 봐."

"그냥 지나가면서 봐서, 그, 기억이 잘 안 나네?"

"넌 친구라는 새끼가 사람 죽였다는 걸로 사기 치고 싶냐? 니가 친구냐? 장난도 선이라는 게 있는 거야. 시발놈아."


명규가 중필이의 멱살을 잡았다. 중필이 얼굴이 억울하게 생겨서, 괜히 지가 피해자처럼 보였다.

명규가 끝까지 물고 늘어지자, 결국 중필이는 우리에게 실토를 했다.

의문의 전화를 받았고, 협조해 주면 100만 원을 받는다는 것을 사실대로 말했다.

현재 집에 카메라와 마이크 등이 설치되어 있다는 것도 알려줬다.

그리고 다음 계획이 본인이 신고를 해서 경찰들이 집으로 찾아오게 되는 설정까지 다 불었다.

그전에도 이상한 점들이 한두 가지가 아니었다. 이제야 조각들이 맞춰졌다.

특히나 아까 전 중필이처럼 상대방이 버퍼링이 걸리는 현상에 대해 왜 그랬는지 깨달음을 얻었다.


"이렇게 스케일이 큰 몰카가 있다고...?"


혼잣말을 마치자마자, 입에서 계속 헛웃음이 나왔다.

"핫하.. 하하하. 하하하하."

얼빠져 있는 내 귀로 명규와 중필이의 만담이 들려왔다.

"왐마, 하룻밤에 백이면 인정. 수혁아, 안 그러냐? 백이면 씨봐, 나도 하겠다. 인정이다.

근데 상황 보니까 중삐리 개쓰레기네. 지금 친구 팔아먹고, 몰카 속에서도 친구 팔아먹어서 현상금 받겠네."

"아 개새끼야. 나도 그 얘기 듣고 안 하려고 했다고. 근데 100만 원 준대는데 어쩌냐. 진짜 깜빵 가는 것도 아닌데."

"알았어. 인정인정. 반띵해라. 내가 깽판 안 칠 테니까 반띵 오키?"

"반띵 같은 소리하고 있네, 조까라 마이싱이다."

"지금 가서 너 집에 있는 카메라 다 뿌신다?"

"알았어. 20 줄게."

"40"

"아. 시벌. 갑자기 꼽사리 껴놓고는... 30."

"콜!"

중필이는 현재 상황을 다 불어버리자마자 어느샌가 원래의 제 모습으로 돌아갔다.

우리는 그대로 테이블에서 빠르게 회의를 했다. 아까는 똥 마려운 강아지, 꿀 먹은 벙어리처럼 행동했던 중필이도 적극적으로 의견을 내세웠다. 한수혁은 일단 제작진의 장단에 맞추기로 했다.

명규를 편의점에서 자기 집으로 보내고, 중필이와 나는 다시 집으로 들어왔다.

들어오면서 중필이가 한마디 한다.


"아, 그 돼지새끼. 술 먹은 귀신이 붙었나. 겨우 보냈네."

"그러게. 이제 그냥 빨리 자자. 피곤하다."

"맞아? 너 내일 중요한 일 있다고 했던가? 너도 빨리 자야겠네. 하암 ~ 그래. 나. 도. 빨리 자. 야. 겠. 네~? 왜냐하면 나도 졸리니깐 말이야."


중필아... 그냥 자면 되는데 왜 또 쓸데없는 말 하면서, 되지도 않는 발 연기를 하냐...


"어, 들어가~ 불 끈다."


불을 끈 지 5분이 채 되기도 전에 다시 초인종 소리가 울렸다.


떵동~ 떵동~


"아씨, 수혁아. 명규 다시 왔나 보다. 너가 가서 문 좀 열어줘."

"아냐, 알았어."


나는 그렇게 대답하면서 문을 바로 열지 않고 잠금장치를 한 채로 살짝 열었다.

아니나 다를까, 낯선 남자가 눈앞에 보였다.

"경찰입니다. 문 좀 여세요."

'경찰? 웃기고 있네.'
라고 생각하며 썩소가 나올 뻔했지만, 이내 표정연기를 하였다.
　중필이는 어느샌가 거실로 나왔고, 나는 배신감에 꽉 찬 표정으로
중필이를 바라봤다.

"이게 어떻게 된 거야. 이 개새끼야."
"하하. 미안하다. 수혁아. 미안."
"부랄친구라는 새끼가, 나를 신고해?"

　퍽.

"으억. 뭐야."

사전에 얘기하진 않았지만, 갑자기 이때다 싶어서 죽빵을 날려버
렸다.
　속이 시원하다.

　* * *

그때였다. 문밖에서 명규의 목소리가 들렸다.

"어이, 거기 두 명. 내 친구네 집 와서 뭐 하는 거야?"

상의 사이즈 120인 엄청난 덩치를 가진 김명규가 쿵쿵 걸어서 문 앞으로 왔다.

"아, 우리는 경찰인…"

말이 다 끝나기 전에 김명규가 경찰 역을 맡은 배우 두 명의 가슴을 밀었다. 진짜 경찰이 아님을 알기에 할 수 있는 행동이었다.

"아씨, 아저씨, 여기서 뭐 하냐니까?"

바로 그때, 한수혁이 문을 열고 밖으로 도망쳤다. 경찰 역할을 맡은 배우 두 명은 김명규에게 먹살을 잡혀서 나를 잡으러 오지 못했다.
한수혁이 무사히 도망치자, 김명규는 이내 그 둘을 놓고 양중필의 집으로 들어갔다.
"중삐리, 내 지갑 못 봤냐? 여기 놓고 간 것 같은데."
경찰 두 명은 뒤늦게 한수혁을 향해 뛰어갔지만, 이내 잡지 못했다.
한수혁은 무사히 1층으로 내려와서 아까 그 편의점 앞에 주차되어 있는 김명규의 차에 타서 기다리고 있었다.

가파르게 몰아쉬는 호흡이 안정되어 갈 때쯤 김명규가 내려왔다.

"우리집 가서 자자. 피곤하다."
"고맙다. 명규야."
"운전은 너가 좀 해라. 나 음주운전이다. 아까 대리 타고 와 가지고."
"당연하지. 철들었네?"

하루 종일 긴장감과 함께 정신없는 하루를 보낸 한수혁은 김명규의 집으로 가자마자 곯아떨어졌다.

\* \* \*

아침 7시 30분이 되자 눈이 떠졌다. 자글자글 고기가 익는 소리와 냄새가 나를 깨운 것이다.
주방을 바라보니 머리가 부스스하게 뻗친 명규가 삼겹살을 굽고 있었다.
내가 부스럭대며 일어난 것을 본 명규가 말했다.

"왐마, 냄새 죽이지. 모닝 삼겹살이 진리지. 빨리 인나. 너 밥 맥이고 나도 출근해야지."
"야이씨, 아침부터 삼겹살이라... 좋은데?"

곧 죽어도 고기파인 우리는 아침 7시 반부터 삼겹살에, 고추장에,

청양고추와 함께 밥 한 공기를 뚝딱 해치웠다. 명규는 두 공기 반을 먹었다.

"나 출근해야 되니까, 너 있다가 알아서 가."
"이야~ 너 부지런해졌다? 이른 시간에 출근도 잘하고. 예전에는 아무 때나 가더니."

간다고 한마디 하더니, 쿨하게 출근하는 명규다. 본인은 금융업이라고 하지만, 대부업체에서 일하는 명규는 영화에서 이미지를 안 좋게 만들었다며 본인은 악덕 사채업자 같은 게 아니라고 한다. 뭐 자세히는 모르겠지만...

핸드폰은 어제 껐다. 내가 겪은 일이 쇼라는 것을 안 이상 핸드폰도 의심을 할 수밖에 없다.

이 일을 해결하기 전에 확실히 해둘 것이 하나 있다. 가장 중요한 문제다.

그 문제를 해결하기 위해 내 아내와 딸이 있는 내 집으로 향했다.

어제 오토바이를 중필이네 집 근처에 놓고 와서 대중교통을 이용했다.

이틀간 내 상황에 대해 너무 몰입한 나머지 다른 사람들이 내 얼굴을 보는 것에 대해 불안함이 계속 엄습했지만, 역시나 맨얼굴로 전철과 버스를 타고 감에도 아무 일도 일어나지 않았다.

내 집 안에도 카메라가 세팅되어 있을까 봐 차마 집 안으로 들어가지 못하고, 복도에서 기다렸다.

　이 시간쯤 되면 우리 딸 서연이를 유치원에 등원시키려고 아내가 아마 나올 것이다. 한참을 기다리고 있으니, 드디어 우리집 문이 열렸다. 아내의 손을 잡고 나오는 서연이. 나에게는 지난 이틀이 한 달과도 같은 시간으로 느껴졌다. 그러다 보니 아내와 딸을 보자마자 괜히 감정이 휘몰아쳐서 울컥했다.

　계단실에서 몸을 숨기고 기다리고 있으니까 점점 가까워지는 딸과 아내의 목소리가 들렸다.

　"엄마, 아빠 보고 싶어요."

　"우리 서연이 아빠 보고 싶어~?"

　"웅! 아빠 어디 갔어요?"

　"아빠 지금 일 때문에~ 출장 갔어~ 내일이나 모레 오실 거야~"

　"아빠 빨리 보고 싶다."


　엘리베이터에 타고 문이 닫히면서 아내와 딸의 목소리도 끊겼다.

　나는 재빨리 계단으로 뛰어 내려갔다. 혹여라도 놓칠까 봐 전속력으로 뛰어 내려갔다.

　13층이지만, 개의치 않고 뛰어 내려갔다.

　다행히도 엘리베이터가 내려가면서 몇 번을 멈춘 덕분에 내가 먼저 내려올 수 있었다.


　숨을 헐떡이며 아내와 딸을 멀리서 따라갔다.

　잠깐? 내가 진짜 범죄자도 아닌데 딸도 같이 보면 어때?

나는 슬금슬금 뒤로 가서 자연스럽게 아내의 오른쪽 어깨와 딸이 왼쪽 어깨를 감쌌다.

"으꺄아~! 깜짝이야! 어? 여보?"
"앗빠다!"

놀라게 하는 것을 엄청 싫어해서 평소였으면 나를 때렸을 아내가 가만히 놀란 채로 서있었다.
내 딸은 놀라지도 않았는지, 태연하게 나를 안았다.
나는 그런 딸을 안아 들고 함께 유치원으로 걸어갔다.

"아빠, 내려줘요. 축축해요."

오랜만에 만났건만, 내가 계단을 뛰어 내려와서 땀에 젖은 것을 딸이 싫어했다.

"아구구, 알았어. 우리 공주님~"

서연이는 왼손으로는 내 손을 잡고, 오른손으로는 엄마의 손을 잡았다. 기분이 좋은지 흥얼대면서 걸어갔다.
유치원은 아파트 단지 내에 있었다. 유품아였다. 이렇게 나란히 셋이서 걷자니, 내 지옥 같은 이틀의 시간이 한순간의 꿈만 같았다.
아니, 지금도 꿈만 같은 순간이었다. 나는 우리 가족과 함께 항상 꿈에서 노닐었던 것만 같다.

온유와 서연이는 내 꿈을 이뤄준 소중한 존재들이다.

내가 정말로 살인사건에 휘말렸다면, 그 꿈이 깨졌을 것이다.

내가 이틀간 고통스러웠다고는 하지만 몰래카메라여서 다행이다.


어느덧 유치원에 도착했고, 내 딸 서연이는 평소와 같은 모습으로 내 볼에 뽀뽀를 하고 손을 흔들며 들어갔다.

오는 동안 아내는 한마디도 하지 않았다. 나도 아내에게는 말을 하지 않았다. 딸이 유치원에 가자, 아내는 내게 물어왔다.


"여보, 괜찮아?"

"뭐가 괜찮아?"


어제 중필이에게 되물어본 것처럼 지금 아내를 의심하기에, 아내에게도 되물어봤다. 돌아오는 대답은 역시나 내 의심이 확신이 되는 순간이었다.


"여보, 살인 누명 썼대매... 무서웠겠다. 여기는 어떻게 왔어?"

"서연이 보고 싶어서 왔지."

"그러다 잡히면 어떡할라고.."


그녀의 얼굴을 유심히 보며 대화했다. 정말 걱정하는 표정을 하고 있었다.

그렇지만 여기까지 오면서 서연이가 함께 있을 때는 왜 말 한마디 하지 않았는가.

또한 내가 살인 누명 쓴 것을 안 것은 그녀 또한 나를 속이는 것에 동참했다는 것이다.

"온유야, 벤치에 앉아서 잠깐 얘기 좀 하자."
"그래. 지금 출근시간이 문제겠어?"

시계를 보며 대답하는 그녀. 수업을 들으려는 학생들이 있기에 그녀가 절대 늦으면 안 된다는 것을 사실 나도 안다.

"온유야, 인터넷 기사 봤어?"
"응... 여보, 우리 이제 어떡하지?"
"뭘 어떡해. 너도 같이 짠 거야?"

두쿵.

그녀의 심장소리가 내게도 들리는 듯하다. 쉽사리 말을 잇지 못했다.

"오..빠... 왜 그래? 무슨 말이야?"
"온유야. 이제 솔직히 말해야 돼. 너 지금 마이크나 카메라 세팅했어?"

나는 진지한 표정으로 아내를 바라봤다. 지그시 10초 정도 바라봤다.

"후우... 아니, 그런 거 안 했어."
"이틀 전에 나랑 했던 통화, 진짜였어?"
"아, 그게..."

나는 머리를 쥐어뜯으며 괴로운 표정으로 말했다.

"나 이틀 동안 지옥 같은 시간이었어. 한순간에 살인 누명을 쓰고, 깡패들과 치고받고 싸우고, 경찰들한테 쫓기고, 내 아내와 딸은 위험에 처하고, 세상에 혼자 있는 것만 같고, 친구는 날 배신하고, 뉴스에는 날 현상수배범으로 몰고... 그냥 다 포기하고 싶었는데, 그랬는데... 온유랑 서연이가 있으니까 포기를 못 하겠더라."
"...정말 고생했구나.."
"그런데 웃긴 게 뭔지 알아? 내가 포기를 하지 못한 이유인 너가 나를 속였다는 점이야. 내 핸드폰에 있는 기사가 명규 핸드폰에는 뜨지 않더라. 나 도와준다던 놈들도 수상하고. 그러니까 이제는 솔직히 말해봐."

온유가 다시 나를 빤히 바라봤다. 말을 하지 않고 나를 바라보던 그녀는 시계를 한번 보더니, 이내 결심이 선 듯 입을 연다.

"오빠, 미안해. 나도 일이 이렇게까지 커질 줄 몰랐어. 남편들을 상

173

대로 초대형 몰래카메라를 한다는 공고를 보고 지원한 것뿐이야. 여보
한테 이렇게 힘든 상황이 올 줄은 꿈에도 몰랐어."

"하아…"

사실 짐작하고 있었지만, 그녀의 입에서 직접 듣는 것은 내게 더 큰
충격을 주었다. 내 입에서 실망감이 섞인 말이 흘러나왔다.

"이건 아닌 것 같아. 생각 좀 해보자."
"뭘 생각해?"
바로 대답한 그녀의 눈이 동그랗게 놀랐다가 이내 무슨 말인지 깨달
은 듯 표정이 일그러진다.

"난 지금 너무 배신감을 느껴. 아무리 몰래카메라라도 선이라는 게
있는 거야. 개념 없는 제작진과 짜고 나를 속인 너를… 나 자신보다 너
만 걱정한 내가 얼마나 호구 같은지 알아?"
"오빠 미안해. 내가 미안해."

평소에 나에게 사과를 잘 하지 않는 아내가 내게 미안하다고 했다.
내가 잘못한 것은 쥐 잡듯이 잡으면서 자기가 잘못한 건 쉽게 인정하지
않던 그녀다.

"이딴 장난 친 주제에 양심이란 건 있네."

내가 자리를 박차고 일어났다. 그녀에 대한 실망감에 힘없이 걸어가고 있는 내 뒷모습을 보던 그녀가 달려와서 내 뒤에서 나를 안았다.

　그럼에도 순간적으로 분노를 표출할 뻔했지만, 간신히 참아내고 아는 대로 다 말하라고 윽박질렀다.

　그 결과, 다시 벤치로 가서 앉은 나는 많은 정보를 얻을 수 있었다.

　많은 남편들이 초반에 실패를 했다는 것과 내가 현재까지 가장 우수한 성적이라는 점이다.

　그리고 처음에는 소정의 출연료를 받기로 했는데, 첫날 스탭들이 하는 얘기에서 행운의 주인공이라는 말을 들은 것으로 봐서 더 큰 보상이 있을 것 같다는 것이 가장 큰 정보였다.

　나는 이제야 깨달았다. 내가 복수해야겠다고 생각했던 내게 살인 누명을 씌운 놈들, 그것들의 실체가 밝혀지는 순간이었다. 전문적으로 살인하고 증거를 조작하는 가상의 단체가 아니라, 제작진 놈들이 주범이요, 내 눈앞의 아내가 공범이었다.

　"여보, 내가 그저께 전화로 말한 거 기억나? 그놈들이 여보한테 손대면 내가 기필코 잡아서 죽여버리겠다고 한 거."

　"응. 그때 좀 무서웠는데, 감동이었어."

　"나한테 이틀 동안 지옥을 느끼게 해준 제작진 놈들도 당해봐야 돼. 그쪽에 이런 얘기 절대 하지 말고, 그런 줄 알고 있어."

　"응. 알았어."

　"지금 나 만난 것도 절대 말하면 안 돼. 괜히 마지막에 상금? 그런 거

못 받을 수도 있으니까."

　아내에게 몇 번을 되풀이해서 강조하고 자리를 떴다.
　이제 내가 받은 고통, 절망, 아픔, 그리고 두려움...
　받은 만큼 돌려줄 차례다.
　내게서 풍기는 분위기에서 무언가를 느꼈는지 아내가 조심스럽게
내게 물어본다.
　"오빠, 미안해. 내가 뭘 도와주면 될까..?"
　"아니야. 딱히 도와줄 건 없어. 넌 아무것도 하지 말고, 그냥 아무한
테도 말하지나 말아."

　나는 그대로 일어나서 자리를 떴다. 지금 핸드폰을 켠다면 위치추적
이 현재 장소부터 되기에, 버스를 타고 중필이네 집으로 다시 갔다. 거
기서 일단 오토바이를 다시 타고 올 생각이다.

　버스를 타고 오는 길에, 벌써 아내에 대한 분노가 가라앉았다. 이래
서 부부싸움은 칼로 물 베기라는 말을 하나보다. 오히려 내가 심한 말
을 한 것과 소리치고 무섭게 대한 것이 미안하게 느껴졌다.
　여리디여린 그녀인데 얼마나 놀랐을까... 아니다. 벌써부터 마음이
물러지면 안 된다.

제8장

설계자

오토바이 앞에 도착해서 핸드폰을 다시 켰다. 역시나 부재중 전화가 수십 통이 와있다.

핸드폰을 켜자마자 다시 전화가 왔다.

"한수혁 씨! 핸드폰을 왜 꺼놓고 있었습니까?!"

"친구네 집에서 자기 전에 핸드폰을 꺼놨다가 이제야 켰네요."

"지금 급박한 상황인데, 이 시간까지 잠을 잤다고요?"

"혼자만의 시간이 필요했어요. 생각 정리를 좀 하느라…"

제작진들은 현재 내 위치를 알 것이다. 그렇기에 내가 거짓말을 하고 있는 줄 알고 있을 것이다.

그렇다고 내 핸드폰이 해킹되고 있다는 사실을 말할 수는 없을 것이다.

제작진은 날 도와준다던 여자가 내게 말한 검찰, 정치인, 기자, 즉 본인들이 모두 대기하고 있는 곳으로 오라는 말을 전했다.

본인들 모두와 함께 힘을 합치자는 얘기를 하는데, 사실을 알고 나니까 멘트에서 오글거림이 느껴졌다.

부천 외곽지역에 있는 한정식집 VIP국화방으로 오면 된다고 한다.

아무튼 여기가 미션 장소라는 거다.

드디어 사흘 간의 지긋지긋한 상황을 끝낼 시간이 왔다.


오토바이를 타고 제작진이 말해준 장소 근처에 도착해서 일단 정찰을 해봤다.

한정식집은 전통기와집으로 되어 있었다. 꽤 넓었다.

입구 앞에는 검은색 정장을 입은 남자 2명이 서있었다. 주변을 둘러보니, 양옆 담벼락 끝에 남자가 한 명씩 대기 중인 것이 보였다. 총 4명이 진을 치고 있다고 볼 수 있겠다.

이제야 이 사건의 전말을 알게 되자, 시야가 넓어지고 사고가 잘 돌아갔다.

한 조직의 모두가 모였다. 나를 그 자리에 초대했다. 그런데 그 장소의 문 앞에 4명의 상대편 조직원들이 대기하고 있다? 사실 말이 안 된다.

내가 이 사실을 모르고 그냥 갔다가 저 남자들에게 잡힌다면 아마 스토리가 끝날 것 같다.


만약 이것이 현실이라면?

여기서 가장 최상책이라 생각되는 방법은 그들에게 전화를 해서 문앞에 이상한 남자들이 길을 막고 있다고 알려주는 것이다. 그래서 한 자리에 모인 그들이 괴한들을 퇴치하거나, 아니면 안에서 나온 사람들에게 내가 USB를 무사히 전달해 주거나 하는 방법이 가장 안전할 것이다.

하지만 그렇다면 지금 멋진 그림이 나오지 않겠지. 아니면 탈락 같은 것을 할 수도 있고.

그렇다면 내가 지금 해결할 수 있는 방법은?

첫 번째, 그들을 다른 곳으로 유인하고 나서 들어간다.

두 번째, 최고속도로 뛰어 들어가서 안 잡히고 VIP국화방으로 간 다음, 우리 팀의 도움을 받는다.

세 번째, 저 뒤로 돌아가서 담을 넘어 아무도 모르게 VIP국화방으로 몰래 들어간다.

네 번째, 나 혼자 저 4명을 상대로 4대1로 싸워서 이기고, 당당하게 들어간다.

이 정도가 될 수 있겠다.

한참을 생각한 나는 지나가는 사람에게 잠시 전화를 빌려 명규에게 전화를 했다.

"명규야, 나 지금 부천인데 여기 잠깐 올 수 있겠냐?"

"왜"

"잠깐 와서 나 좀 도와달라고."

"아, 지금 바빠. 뭔데?"

"한두 시간에 50 줄게. 그리고 혹시 아냐? 얘네가 중필이처럼 출연료 챙겨줄지."

"왐마. 오십만 원? 맞냐?"

"어, 너도 꽁돈 벌 수 있는 기회다. 잠깐 왔다가 가. 오는데 얼마나 걸려."

"20분."

"땡큐"

나는 명규에게 문자로 주소를 찍어줬다.

그리고 핸드폰으로 웹툰을 보면서 느긋하게 기다렸다.

웹툰을 보기 시작한 지 10분쯤 되었을 때 나를 도와주는 사람들에게서 전화가 왔다.

"한수혁 씨, 오는 중이세요? 얼마나 걸리십니까?"

"네, 10분 정도 걸릴 것 같네요."

"알겠습니다."

내가 핸드폰으로 웹툰을 보고 있으니까, 답답해서 전화를 한번 해본 것이겠지.

그들과의 전화를 끊자마자, 나는 아내에게 비장한 목소리로 전화를 했다.

"여보, 잘 지내? 괜찮아?"

"오빠야?"

"여보, 나 이제 위험한 곳에 가야 돼. 가기 전에 전화 한번 해 봤어."

"어디야? 지금?"

"여보, 나 이틀 동안 정말 많이 힘들었고, 많이 지쳤어. 이제 끝을 내러 가볼 거야."

"무슨 말인데?"

"여보, 여보랑 서연이랑 내 전부인 것 알지?"

"응, 알지."

"여보, 나 살인 누명 벗고 당당히 집에 갈게. 그때까지 조금만 더 기다려 주라."

"알았어, 나 오빠 믿어."

"여보, 여보를 만나기 전의 나는 잘 나가고 싶었고, 여보를 만난 후의 나는 평범하게 살고 싶었어. 남들처럼 평범하게. 퇴근하고 가족들과 웃으면서 저녁 먹고. 근데 그 평범하게가 왜 이렇게 힘드냐?"

"아니야. 오빠, 오빠가 좋은 사람이라, 오빠가 멋진 사람이라, 그리고 오빠가 능력있는 사람이라.. 우리 남들보다 행복하게 살 수 있을 거야. 항상 고맙게 생각해."

나는 그동안의 결혼생활로 아내가 지금 쉬는 시간임을 알았다. 그렇기에 끊지 않고 계속해서 통화를 이어갔다.

"자기야, 나 지금 오빠 사무실이야. 정리 좀 하러 왔어."

"학교는?"

"오늘 쉬는 날이야."

"고마워. 이제 해결하고 온유 앞에 당당히 설 수 있을 때, 다시 전화할게."


알고 보니, 아내는 오늘 쉬는 날이라고 한다. 그때 촬영하고 제대로 뒷정리가 되었는지 확인하기 위해 내 사무실에 간 듯하다. 전화를 끊자, 한정식집 주차장에 주차를 하고 있는 명규의 차가 보였다.

검정색 세단에서 내린 명규는 반팔 티를 입고 있었고, 양팔에는 문신이 가득 보였다.

영화나 드라마를 보면 대부업체 종사자들은 항상 정장을 입고 있던 생각이 나서 물어봤다.

"일할 때 정장 입는 거 아니야??"

"어, 왜?"

"영화 보면 정장 입고 있길래."

"그건 영화고."

"오늘 영화 한번 찍어보자."


명규에게 저 사람들 연기자니까, 세게 때리지 말고 시늉만 하라고 했다.

그리고 합을 짰다. 더 멋있어 보이게.


내가 왼쪽에서 가고, 명규가 오른쪽에서 나란히 입구를 향해 갔다.

아니나 다를까, 입구에서 정장을 입은 두 남자가 나를 가로막는다.


"한수혁 씨?"

"네, 왜요?"

"USB 갖고 있죠?"

"그런데?"

"좋은 말로 할 때 주세요."


그 순간 나는 그의 복부를 아프게 차지 않고 있는 힘껏 밀었다.

그러면 배에 고통은 크지 않고, 쭈욱 뒤로 밀리면서 쓰러지기에 남들이 볼 때 더 멋있어 보일 것이다.

그러자 오른쪽에 있는 남자가 나를 향해 주먹을 내지르려고 뒤로 당겼다.

명규가 바로 그 손을 잡았다.


"당신은 뭐야?"


손이 잡힌 연기자가 한마디를 했지만, 김명규는 그대로 다른 손으로 멱살을 잡고 엎어치기를 했다.

등이 바닥에 바로 닿으면 통증이 크고, 불상사가 생길 수도 있기에 멱살을 잡아서 등이 바닥에 꽂히지 않게 요령을 보여줬다. 그 대신 발바닥은 바닥에 바로 닿아서 쩡하고 울렸을 것이다.

곧이어 양옆 담벼락 끝에서 그놈들이 달려왔다.

한수혁은 마주 달려가서 이단옆차기로 상대방의 명치를 타격했다. "윽!" 하고 손으로 가슴을 부여잡는 순간, 뒤후리기로 연기자의 얼굴을 걸어서 넘어뜨렸다. 타격점에 임팩트를 줘서 치명타를 줄 수 있었으나, 일부러 아프지 않게 찬 것이다.

김명규는 상대방이 올 때까지 기다렸다가 가까워졌을 때, 바로 오른손으로 상대방의 얼굴에 훅을 날렸다.

동작은 최대한 크게 하고 때리기 직전 힘을 감속하여 톡 때렸다. 바로 왼손으로 보디 블로를 날리고, 오른손으로 그의 가슴을 치면서 있는 힘껏 밀었다. 상의 120의 근육으로 만들어진 그의 힘은 대단했다.

상대방은 쭈욱 날라가서 그대로 일어나지 않았다.

그렇다. 우리는 어릴 적 레슬링을 보고 자란 세대다.

동작은 크게, 최대한 안 아프게, 누가 봐도 멋있는 액션으로 최선을 다했다.


그러는 사이 한수혁에게 맨 처음 밀려 쓰러졌던 연기자가 어정쩡하게 일어났다.

한수혁은 상대방을 왼발로 먼저 차고 오른발로 돌려차기를 바로 하는 나래차기를 선보였다.

그리고 상대방이 한 발 뒤로 물러나자, 왼발로 한 걸음 내딛고, 오른발로 상대방의 왼쪽 어깨를 내려찍기로 찍어버렸다. 맞은 부위를 감싸는 상대방에게 상단 돌려차기로 얼굴을 차면서 세게 차지 않고 밀어버렸다.

순식간에 장정 4명을 쓰러뜨린 한수혁과 김명규였다.

쓰러진 사람들을 쳐다보지도 않고 지체 없이 VIP국화방에 들어가려고 하니, 문이 닫혀 있었다.

문을 열고 들어가니, 테이블 위에 돈다발이 수북하게 쌓여 있었고 그 가운데 노트북 한 대가 놓여있었다.

사람들이 모여 있다고 하더니, 사람들은 보이지 않았다.


"왜 아무도 없지?"

"왐마, 이 돈은 뭐야? 걍 갖고 가도 되는 부분이냐?"


그 순간 문자로 8자리의 숫자가 하나 왔다.

[20151128]


비밀번호인가 보군. 명규에게 문 앞을 지켜달라고 부탁하고 컴퓨터 앞에 앉았다.

여기에 앉기까지 얼마나 고된 여정을 보냈는가.

나는 노트북 앞에 앉아서 드디어 USB를 꽂았다. 문자에 나온 숫자를 입력하는 순간 알았다.

짐짓 나는 놀란 척하며 크게 소리쳤다.


"20151128? 뭐야. 2015년 11월 28일, 내 결혼기념일이잖아?"


탁.

엔터를 눌렀다. 기호들이 화면에 찌그러졌다가 어지럽게 막 휘날리더니 글자를 만들어 나타났다.

[축하합니다. 당신은 1억 원의 주인공이 되셨습니다.]

빵바라밤뺌뺌!

VIP국화방을 가득 채우는 축하 음악 소리에 귀가 아프고 멍해질 때쯤 VIP매화방, VIP난초방, 그리고 기타 다른 몇 개의 방에서 제작진들이 우르르 몰려나왔다.

모두가 VIP국화방을 에워싸고 박수를 쳤다. 그중에 누군가는 환호성을 지르는 이도 있었다.

나는 최대한 눈을 크게 뜨고 입을 벌려 영문을 모르겠다는 표정을 지었다.

명규 역시 당황하여 뒤돌아서 나를 바라보고 있었다.

나는 이런 상황이 오면 어떡할지 계속 시뮬레이션을 했었다.

미리 준비하지 않았다면 나는 이렇게 말했을지도 모른다.

"이게 무슨 일이죠?"

"지금까지! 몰래카메라였습니다!"

"이 시발새끼들아, 이런 걸로 몰래카메라를 찍어? 정신병자들이냐? 너네 다 고소할 거야."

하지만 이렇게 했다가는 내 상금이 날아가 버릴 수도 있지 않을까.

근데 방금 본 1억 원의 액수가 맞는 건지, 아씨, 이것도 몰래카메라 아니야?

"한수혁 씨, 이쪽으로 나오십시오!"

밖에서 누군가 내게 소리쳤다. 나는 아직 얼떨떨한 표정을 지으며 밖으로 나왔다.

"이게... 이게 무슨 일이죠?"

세상 순진한 얼굴로, 그리고 잘생겨 보이게 표정관리를 하며 그에게 물어봤다.

"지금까지 몰래카메라였습니다! 한수혁 씨는 출연자 중 유일하게 스토리를 끝까지 진행시켜 주셨습니다. 축하합니다~"

다시금 쏟아져 나오는 박수갈채.

짝짝짝짝짝.

"그럼, 제가 살인 누명을 쓴 게 아니라는 거죠?"
"네, 속여서 죄송합니다."

"제 아내와 딸은 무사한 거죠?"

"아내분도 원래 이 자리에 있으셔야 하는데, 좀 늦으시네요."

그가 시계를 보며 대답했다.

"하아... 다행이네요. 정말 다행이네요."

말하면서 나는 바닥에 털썩 주저앉았다.

사람들은 아무 말도 안 하고 잠시간 나를 지켜봤다.

"제 아내와 딸이 잘못될까 봐... 저 때문에 잘못될까 봐... 크흑."

갑자기 이 상황에 몰입하여 감정이 몰아치자 나도 모르게 눈물이 나왔다. 옆에서 명규가 내 어깨를 두드리며 말했다.

"수혁아, 넌 진짜 멋진 놈이야."

명규가 나를 일으켜 세워주었다. 일어나서 제작진을 보며 물어봤다.

"아까 컴퓨터 화면에서 본 게 사실인가요?"

"네, 맞습니다. 상금 1억이 지급될 예정입니다."

"꿈을 꾸는 것 같네요."

나는 머리를 움켜쥐며 이 사실을 믿을 수 없다는 연기를 했다. 내가 머릿속에서 시뮬레이션한 상황은 여기까지다. 잠시간 머리를 움켜쥐고 있다가 불현듯 떠오르는 생각이 있었다.

"잠깐. 그럼, 제가 이 일이 벌어지고 나서 지은 죄들도 없어지는 건가요?"

"아... 그게 그런 것도 있고, 아닌 것도 있습니다. 자세한 내용은 이따가 인터뷰하면서 진행하겠습니다."

이게 무슨 말이지?

방금까지 나와 대화를 나눈 사람이 감독이라고 한다. VIP매화실로 옮겨서 인터뷰를 계속하기로 했다.

"아, 마침 아내분한테 전화가 오네요. 아까 같이 있었으면 좋았을 텐데 말이죠."

몰래카메라 엔딩에 아내가 함께 있었다면 훨씬 보기 좋았을 텐데… 라며 아쉬워하는 감독이었다.

"네, 온유 씨, 도착하셨나요? 좀 빨리 좀 오지. 방금 엄청 감동받으셨을 텐데."

"감독님, 지금 어떤 남자들이 남편을 찾고 있어요."

"무슨 얘기죠?"

"이거 감독님이 기획한 거 아니에요?"

"지금 한수혁 씨 몰래카메라 마무리하는 자리에 아내분께서 안 오셔서 곤란하던 상황입니다."

"어떤 남자들이 남편과 통화하기를 원하고 있어요. 그리고 위협받는 상황이에요."

"바로 남편분 바꿔드리겠습니다."

아내의 전화를 받은 감독의 표정이 이상하다. 분위기도 좋지 않았다. 느낌이 싸했다.

건네주는 전화를 받았다.

"여보세요. 여보? 무슨 일이야?"

"오빠! 잠깐만... 누가 좀 바꿔 달래서..."

내게 대답하는 그녀의 목소리가 점점 멀어졌다. 목소리가 떨리는 게 많이 긴장한 듯했다. 이윽고 거북스러운 남자의 목소리가 들려왔다.

제9장

난입자

"어이, 아저씨. 여편네 돼지는 꼴 보기 싫으면 당장 일루 와."

"누구시죠?"

"누구기는~ 오면 알 거야. 하하하."

"아, 시발. 이 짓도 작작해야지. 기다려봐."

나는 전화를 팍 끊고 감독의 멱살을 잡았다.

"야이, 개새끼야. 지금 끝났다고 해놓고 또다시 장난질을 쳐? 내가 개호구로 보이냐?"

"한수혁 씨, 무슨 일입니까. 왜 이러세요."

"아, 진짜 기분 개 같네. 좀 적당히 했으면, 적당히 좋게 마무리되고 적당히 끝났잖아. 꼭 너처럼 선 넘는 새끼들이 있더라."

오른손을 들어서 주먹을 날리려는 찰나에, 누군가가 내 오른손을 잡았다. 다른 누군가가 내 왼손을 잡았다.

"남편분! 지금 뭐 하는 겁니까? 미쳤어요?"
"시발, 놓으라고! 니들 다 똑같은 새끼들이야. 으아악!"

나는 양손이 잡혔지만, 오른발로 있는 힘껏 감독의 복부를 발로 찼다.
아까 연기자들을 배려하는 마음으로 밀어 찬 것이 아닌, 정말 온 힘을 다해 찼다.

"우욱…"

발차기를 맞고 무릎을 꿇은 감독, 숨을 제대로 못 쉬고 있다. 배를 잡고 쪼그러서 고통을 호소하고 있다. 어느새 눈이 충혈된 채로 호흡을 몰아쉬고 있다.
내 양손을 잡은 사람들을 명규가 와서 떼어줬다.

내가 다시 감독에게 다가가려고 하자, 놀란 스탭들이 무릎을 꿇고 있는 감독 앞에 서서 인의 장벽을 만들었다.
그들 중 한 명이 내게 말했다.
"남편님, 자꾸 이러면 나가리예요. 스토리 다 끝났고, 이제 상금만 받으시면 되는데, 왜 이제 와서 이러세요?"
"다 끝났다고 해놓고, 웃는 낯짝으로 내 와이프 갖고 장난을 또 쳐?

내가 제일 사랑하는 사람 갖고 노니까 재밌냐?"

　내 앞에 나온 스탭이 경악한 표정으로 나와 이야기하다가 뒤를 돌아보며 얘기했다.
　"뭐라고요? 그럴 리가 없어요. 김 작가님, 따로 뭐 하기로 한 거 있었어요?"
　"네? 아니요, 기획한 것은 지금 다 끝났어요."
　"다른 사람들은요?"

　모두 고개를 내젓고, 이에 관련하여 아는 사람이 나오지 않자, 나에게 다시 물어봤다.

　"아내분이 어떻게 되셨다고요?"
　"방금 납치되었다는 전화가 왔다고."
　"저희가 한 게 아닙니다."
　"시발, 이래 놓고 또 '몰래카메라입니다.'라고 하려는 거 아니냐고."

　나의 빡침이 내려가질 않았다. 감독은 그동안 호흡이 괜찮아졌는지 이제야 일어나서 내게 다가왔다.

　"한수혁 씨, 방금 아내분한테 전화 온 것은 정말 저는 모르는 일입니다. 저희가 기획한 에피소드도 아니고요. 아내분한테 정말 무슨 문제가 생긴 것 같습니다."

감독과 내가 대치하고 있는 그 순간, 아내에게서 내가 갖고 있던 핸드폰에 다시 전화가 왔다.

"여보세요."

"오빠가 받은 거 맞아? 오빠 핸드폰 꺼져있는데, 아까 이 번호로 전화 와서 해봤어."

"여보, 그 상황 촬영하고 있는 거 아니래. 무조건 조심해. 내가 금방 갈게."

"어어..?"

그 순간 누군가 전화기를 빼앗아 말했다.

"너 마누라 별로 안 사랑하냐? 빨리 오라니까? 주소 문자로 보내줄 테니까 지금 바로 와라. 한 시간 안에 안 오면 니 마누라 어떻게 할지는 나도 잘 모르겠다."

뚝.

숨이 가빠지고, 손이 덜덜 떨렸다. 내가 사건사고를 겪는 것보다 멘탈이 더 크게 흔들렸다.

내가 겪은 일이 조작된 것이라는 것을 알았을 때부터는 감정이 크게 요동치지 않았었다.

그런데 지금은 실제상황이다.

띠링. 문자가 왔다.

[경찰에 신고하면 어떻게 되는지는 만화나 영화에서 많이 봤지? 그런데 난 너네를 죽일 생각까지는 없어. 그러니까 그냥 오기만 하면 아무 문제 없을 거야. 이렇게까지 말했는데도 경찰에 신고한다? 그럼, 진짜 죽인다. 빨리 오길 바랄게. 주소는 인천광역시 부평구 부평동 738-21. 부평역에서 오른쪽으로 가면 있는 공사장임]

나는 문자를 감독에게 보여줬다.

"이렇게 왔는데, 전혀 상관없는 게 맞다는 거죠?"
"이런... 네, 정말 모르는 일입니다."
"후우... 이거 끝난 것 맞죠? 저는 바로 가봐야겠네요."
"네, 인터뷰는 나중에 따로 하셔도 됩니다."
"아, 지금 인터뷰 따위가 중요한 게 아니고, 하아... 아무튼 나중에 얘기하죠?"
"제가 도와드릴 게 있을까요?"

감독이 도와준다는 말을 하니 생각나는 게 있었다.
지금 인원이 많으니, 가서 숫자로 밀어붙이면 그쪽에서 겁먹지 않을까?
가뜩이나 이쪽에는 경찰 역할의 배우, 조직원 역할의 배우들이 상당한 덩치를 자랑한다.

그리고 스탭들 중 왜소한 사람들만 빼도 지금 어림잡아 10명은 넘는다.

이 중에 명규의 덩치는 단연 탑이다.

그런데 이런 말을 내가 해도 되는 것인가, 아니면 이들이 나를 속인 대가로 나를 도와주면 되는 것 아닌가?

차마 입 밖으로 꺼내지 못하고 혼자 고민하고 있을 때, 제작진 측의 작가가 대화에 끼어들었다.

"그냥 경찰에 신고하면 안 돼요?"

"경찰에 신고 안 하면 죽일 생각까지 없다고 하는데, 경찰에 신고하면 죽인다네요."

내가 대답하자, 지 일이 아니라고 말을 쉽게 내뱉는 듯한 그녀다.

"신고 안 했다고 정말 죽이지 않을 거란 보장은 없잖아요."

그건 확률이라도 있지만, 신고하면 무조건 죽인다고 한다면 나는 신고를 안 하는 쪽을 택하겠다고 대답했다. 내 아내의 목숨이 걸린 문제다. 내가 죽는 것은 무섭지 않다. 내가 사랑하는 사람이 내 잘못된 선택으로 인해 죽는다는 것은 내가 죽느니만 못하다.

감독과 작가가 잠시만 기다려보라고 하더니, 자리를 피해서 상의를 하고 왔다.

그사이 나는 명규에게 함께 가달라는 부탁을 하고 있었다.

명규는 미친 새끼들이라고 하면서 애들한테 연락한다고 한다.


감독과 작가가 얘기를 끝내고, 내게 도움을 줘도 되냐고 물어봤다.

나는 당연히 그러면 감사하다고 대답했다.

그렇게 해서 감독과 작가와 나와 명규, 그리고 중요 스탭 몇 명을 모아 놓고 짧게 회의를 진행했다. 시간이 없는 만큼 각자의 의견을 듣지 않고 감독이 쭉 브리핑을 했다. 마지막으로 내게 동의를 구했다.

나는 오케이 했다.


"경찰 팀, 조직원 팀, 조력자 팀 배우들 모두 모입니다. 그리고 우리 스탭 중에 키 175 이상, 몸무게 70 이상 모두 앞으로 나옵니다. 모두 함께 이동합니다."


감독은 맨 앞에서 계속 진두지휘를 했다.

나는 명규와 감독과 작가와 움직였다. 다른 인원들도 각자의 차량을 가지고 부평역사에 주차를 한 뒤 다시 집합했다. 전화를 한 놈이 내게 요구한 시간에서 남은 시간은 10분이다.


지금 실제 상황이라고 해서 쫄 것 없다. 나는 계속 실제 상황이었다.


부평역에서 우측으로 조금 걸어가자, 공사를 하다가 잠시 중단된 건물이 눈에 보였다.

공사할 때 펼쳐 놓는 임시 장벽 중앙에 입구가 열려 있었다.

경찰 팀, 조직원 팀의 액면가는 상당하다. 그들을 필두로 제작진들이 모였다.

이 많은 인원이 한꺼번에 쳐들어가면, 인질인 내 아내의 안전을 보장할 수가 없다.

그렇기에 내가 먼저 카메라와 마이크 이어폰을 부착하고 들어가기로 했다.


후...하...후...하...


심호흡을 두 번 하고 들어간다. 긴장됨에 따라 가장 조심스럽게 살금살금 걸어갔지만, 공사장 바닥 자체에서 아스팔트와 모래 갈리는 소리 때문에 발걸음 소리를 완전히 없애지 못했다.

건물 안으로 들어갈수록 그놈들의 대화소리가 들려온다. 가까이 가자, 의자에 앉은 채로 상체가 묶여 있는 내 아내가 보인다. 그 주변에 6명의 남자와 1명의 여자가 각자 의자에 앉아서 대화를 하고, 몇 명은 핸드폰을 들여다보고 있다.


내가 가까이 가자, 그놈들의 얼굴이 보였다. 그제야 이들의 정체를 알아챘다. 어제 지하상가에서 나와 싸웠던 남자 3명이다. 그중 2명은 얼굴이 많이 상해있었다. 얼굴이 가장 많이 상한 남자가 보기에도 섬뜩한 칼을 들고 있었다. 나를 보고 그놈이 먼저 입을 열었다.

"여어~ 경찰에 신고는 안 했겠지?"

"안 했으니까, 아내는 풀어줘."

"워워~ 일루 와야 풀어주지~"

나는 양손을 들고 다가갔다. 그런데 저 손에 들린 칼이 너무 위험하다는 생각이 계속 들었다.

어차피 내게 복수를 하려고 한 것 아닌가.

"내가 순순히 맞을 테니까, 그 대신 그 칼을 좀 저쪽으로 던져주면 안될까? 너도 복수를 원하는 거지. 살인자가 될 생각까지는 없을 거 아니야?"

"그치, 너 같은 새끼 죽이고 깜빵에서 썩으면 나도 아깝지. 먼저 죽빵한 대 맞으면 칼은 던질게. 하하. 나도 이건 그냥 위협용이지. 진짜 찌를 생각은 없으니까."

나는 혼자고, 그들은 6명이기에 자신만만한가보다. 칼을 순순히 치워준다고 한다.

고개를 끄덕이고, 천천히 다가갔다.

그놈도 앞으로 나오더니, 칼을 왼손에 든 채로 오른손으로 내 얼굴에 주먹을 날렸다.

약간 핑 도는 느낌이 들었다가 화끈거리는 통증이 얼굴로 올라왔다. 왼손으로 내 얼굴을 만지고 말없이 그를 쳐다봤다.

"오호~ 좋아. 내가 진짜 너 때문에 자살하고 싶었어. 며칠 동안."

"우리는 어제 봤는데, 왜 며칠이지?"

"하하. 왜 며칠일까? 열중쉬어. 열중쉬어 몰라? 열중쉬어하라고."

내 양손을 허리 뒤에 가져다 댔다.

"그래, 약속은 약속이니까, 칼은 던질게."

저 멀리 모래사장 쪽으로 칼을 휙 던졌다. 던지자마자 그 손으로 내 복부에 주먹을 또 날렸다.

후욱.

배에 힘을 단단히 주고 있었지만, 고통이 안 느껴질 리가 없었다. 나는 상체가 수그러지는 것을 억지로 참고 꼿꼿이 섰다.

한마디도 안 하고 나를 쳐다보고 있던 아내의 입에서 이내 "오빠..." 라는 목소리가 흘러나왔다.

퍽.

내 배에 극심한 통증이 한 번 더 밀려오면서, 고통 때문에 무릎을 꿇을 뻔했다. 한 발을 앞으로 내디뎌서 겨우 참았다.

그와 동시에 뒷짐을 풀어서 이 녀석을 때리고 싶은 충동이 확 올라왔다.

뒤에 있던 다른 놈이 웃으면서 나를 폭행하는 것에 동참하려는 듯 다가왔다.

이 녀석의 얼굴은 처음 보는 얼굴이었다. 재미로 나를 때리러 온다는 것이 느껴졌다.

가까이 온 그가 내게 뛰어들며 발차기를 한 순간, 나는 더 이상 참지 못하고 피했다.

왼쪽으로 피한 후 오른손으로 달려오던 녀석의 얼굴에 주먹을 날렸다.

그대로 카운터펀치가 되며, 풀썩 쓰러지더니 일어나지 못한다.

나를 몇 대 때렸던 놈에게 왼손으로 잽을 날리니, 어제의 기억 때문인지 양손으로 얼굴을 보호한다.

복부에 바로 정권 지르기를 날렸다.

그 녀석이 "우억!" 소리와 함께 한쪽 무릎을 꿇었다. 두 명을 쓰러뜨린 나는 분위기를 타서 놈들에게 소리쳤다.

"야, 다 덤벼. 새끼들아."

그러자 그놈들 중 한 명이 내 아내의 머리채를 잡는다.

내가 배짱 좋게 외치면, 나한테 덤벼들 줄 알았는데 그게 아니었다.

"시발놈아. 와서 무릎 안 꿇으면 니 마누라 죽인다."

때마침 내 등 뒤에서 많은 사람들이 뛰어오는 소리가 들렸다.

경찰 역할과 조직원 역할을 맡은 배우들은 캐스팅할 때 신경 썼는지 포스부터 달랐다.

일반인이 아니라고 느껴지는 외모와 분위기였다. 내가 속은 것에는 다 이유가 있었다.

그리고 이들과 명규가 중앙을 맡았다. 다른 스탭들 역시 양옆으로 도열해서 납치범들을 포위했다.

게다가 이들의 손에는 각기 다양한 무기가 들려 있었다. 아마 촬영 소품인 듯하다.

이로써 내 뒤에 선 우리 편은 14명, 저들은 남자 6명에 여자 1명인데, 한 명은 쓰러져 있다.

나를 때린 놈이 당황하는 것이 눈에 보였다. 어찌할 바를 모르는 상대편 놈들에게 어떻게 해야 하는지를 알려줘야겠지. 내가 명규를 쳐다보자, 명규가 앞서서 말한다.

"야이, 시발. 다 벽으로 붙어! 뒤로 가. 이 새끼들아"

기세에 눌린 납치범들이 황망하게 뒷걸음질을 쳤다. 나에게 맞은 두 놈도 정신을 차리고, 같이 벽에 붙었다.

아내는 의자에 그대로 앉은 채로 있었다. 저들 중 한두 명쯤은 생각했을 것이다. 아내를 인질로 잡고 이곳을 빠져나가 보자고. 하지만 은연중에 느꼈을 것이다. 그렇게 행동하는 순간 상황은 더욱 악화되고 걷잡을 수 없게 될 것이라는 사실을... 아니, 그것을 느끼기도 전에 겁에 침식당한 그들은 본능적으로 뒤로 물러났다.

내가 뒤에서 봐도 남자 14명이 둘러싼 모습은 가관이었다.

6명의 남자와 1명의 여자가 벽에 붙어서 덜덜 떨고 있을 때, 나는 재빨리 아내를 속박한 끈을 풀었다.

"여보, 괜찮아? 많이 무서웠지."
"응... 저 나쁜 새끼들 죽여버려."
"응?"

혼자서 얼마나 무서웠을까. 아내를 다독여주려고 했는데, 생각보다 침착한 아내를 보며 역시 '내가 아는 아내다.'라는 생각이 들었다.

그런데 이윽고 들려오는 거친 말에 나는 깜짝 놀랐다. 결혼 후 욕설하는 모습을 처음 봤기 때문이다.

"여보, 쫌만 기다리고 있어."

나는 상황을 정리하러 다시 무리에 끼어들었다.

내 등 뒤에 있는 아내는 어느덧 의자를 돌려서 우리를 보고, 다리를 꼬고 앉아 있었다.

참 당차다.

"아, 씨,씨발. 덤벼! 쪽수 많아도...내가...쪽수..."

아까 나를 공격했던 놈은 패기 있게 욕을 내뱉었지만, 긴장했는지 말을 하다가 말았다. 혼자 말하다가 꼬인 것 같다.

남자들이란 무리의 숫자와 용기가 비례한다. 다시 말해 본인들의 머릿수가 많아질수록 겁이 없어진다. 그것은 상대적이라, 상대편의 숫자가 더 많으면 반대로 작용한다는 것이다.

아까 나는 혼자였고, 본인들이 여섯이었을 때는 세상 무서운 줄 몰랐을 것이다.

자기네들이 우위에 서 있다고 생각하며, 나 혼자 까불어 봤자 그들은 재미있었을 것이다.

그런데 지금은 한눈에 봐도 강해 보이는 형들 14명이 죽일 듯이 본인들을 노려보자, 아무것도 할 수 없이 얼어 있었다.

"좆만한 새끼들아, 이게 뭐냐, 이게. 대한민국 미래 좆같다. 아주 같애. 야, 다 꿇어."

명규가 역할에 너무 몰입을 했는지, 대본에 없는 말을 내뱉었다. 나는 바로 뛰어나가면서 말렸다.

"아니야. 아니야. 꿇지 마."

무릎을 꿇으려고 주춤대는 애들을 말리고 뒤를 돌아보며 외쳤다.

"들어오세요~"

하는 순간, 어떤 여자가 마이크를 들고 입장했다. 뒤에는 카메라들이 따라붙었다.
모두가 멈춰 있고, 마이크를 든 여자만 이동하는 듯한 느낌이 들 때쯤, 그 여자의 청량한 목소리가 모두의 정적을 깼다.

"안녕하세요! JTVN 연말특집 초특급 몰래카메라! 스페~셜 특집! 음음, 남좌는 으리 아이가. MC를 맡은 오앤유의 율리아입니다~"

다들 벙쪄있고, 아무도 반응이 없자, 그녀는 재차 멘트를 날렸다.

"정식 코너 이름은 〈남자는 의리지〉인데요! 모두 놀라셨죠? 자자! 모두모두 긴장 푸세요! 지금 상황이 어떤 상황이냐면요? 내 친구가 누군가에게 맞았다! 난 의리 있게 친구를 도와줄 것이냐?! 네! 맞아요! 여러분들은 의리남들이었어요! 그래서 친구 네 분 모두에게 미션 성공 상금을 쏩니다~ 와~"

그들을 둘러싼 14명의 남자들이 일제히 박수를 쳐 줬다.

상대편 6명 중 한 명이 한숨을 쉬며 웃는다.

상대편 6명의 남자 중 2명은 이내 분위기가 풀어졌는지 자기들끼리 소곤댔다.


"야, 대박. 율리아야. 율리아."

"이따 사인받아도 되나?"


나는 그녀가 누군지 잘 모르지만, 요즘 젊은 친구들은 잘 아는 듯하다.

나와 맨 처음 치고받았던 놈도 상황파악이 제대로 안 되는지, 이게 무슨 일인가 하고 얼이 빠져 있었다.


율리아는 그사이 소곤거리던 2명에게 다가가 인터뷰를 시도했다. 최초로 나와 시비가 붙었던 3명이 아닌 오늘 따라온 2명이다. 인터뷰 답변을 잘 할 것 같은 사람을 본능적으로 찾아낸 것인가? 역시 베테랑 연예인이다.

"친구분, 잠시 인터뷰 될까요?"

"아, 네네!"

"오늘 이 자리에 처음 왔을 때, 무슨 각오로 오셨을까요?"

"아... 제 친구가 많이 맞아서 뭐, 복수를 해줘야겠다? 이런 생각을 하고 온 것 같아요."

"와~ 친구의 복수라... 남자의 로망 같은 게 느껴지네요."


율리아는 곧바로 옆의 남자에게 다가갔다.

"앞에 무시무시한 아저씨들이 몰려왔잖아요? 이때 무슨 생각이 드셨어요?"

"와... 한마디로 이제 좆됐… 아니아니, 죄송해요. '이제 죽겠구나.'라는 생각이 들었습니다."

"만약에 싸웠으면 어땠을 거 같아요? 영화 같은 거 보면 14대 1로 싸워서 이기고 그러잖아요?"

"미쳤어요? 영화는 영화일 뿐이에요. 그런 말 몰라요? 영화는 영화다."

하하하하하.

센스있는 한 친구의 말에 모두가 웃었다. 분위기가 많이 부드러워진 촬영장이 된 느낌이었다.

"자, 그럼 마지막으로 오늘의 주인공 단독 인터뷰를 해보겠습니다~ 친구분들은 이제 모두 퇴장해 주시고요! 저기 방송 스탭분이 들고 계시는 종이에 계좌번호를 적고 서명해 주세요."

\* \* \*

율리아의 진행에 따라 친구들이 퇴장했다. 한수혁과 아내를 납치한 주동자, 둘만의 자리가 마련됐다.

아내가 묶여 있던 의자에는 한수혁이 앉았고, 반대편에 그놈이 앉왔다.

한수혁이 먼저 입을 열었다.

"대체 왜 이렇게까지 한 거지?"

그는 별 대답이 없었다. 한수혁이 재차 물어봤다.

"어제 그냥 길을 가던 나한테 먼저 시비를 걸어서 나와 싸운 거잖아."

"시비는 그쪽이 먼저 걸었는데요?"

그 자리에 감독이 뛰어왔다. 감독은 이 상황을 중재하고, 마무리시키고 싶었다. 그는 계속 화면을 봤으므로, 상대방이 맨 처음 남편이 밀었던 민간인인 것을 눈치챘다.

"잠시만요, 한수혁 씨, 저분은 맨 처음 촬영 초반에 한수혁 씨 사무실 건물 1층에서 밀쳐졌던 남자입니다."

감독은 그리고 그를 보며 말을 이어갔다.

"죄송합니다. 저희가 이분에게 몰래카메라를 찍는 도중에 오해가 벌어진 것 같습니다."

그렇다. 한수혁의 입장에서는 첫날 정신없이 도망치느라 상대방의 얼굴을 제대로 보지 못했고, 봤더라도 기억할 정신이 없었을 것이다. 그렇기에 한수혁은 어제 나를 공격한 조직원들이라고 알고 있다가, 몰카란 것을 알고 나서는 길 가다가 나에게 시비를 건 양아치들이라는 인식이 있었다.

"아! 나는 그쪽이 경찰인 줄 알았어. 내가 그때 엄청 긴박한 상황이라서 제정신이 아니었거든... 그래도... 아무리 그래도 그렇지. 내 아내를 납치하는 것은 범죄잖아. 이렇게까지 했어야 했나?"

어제는 이 상황에 너무 몰입한 나머지, 치고받고 싸우기만 했다.
서로의 입장을 몰랐고, 알고 싶지도 않았다.
그런데 이렇게 대화의 자리가 마련되고 나니, 또 그의 이야기를 들어보니, 할 말이 생겼다.

"이렇게까지 했어야 했다라... 저는 그저께 그냥 친구랑 친구 여자친구 기다리고 있었어요. 그날이 무슨 날인 줄 아세요? 친구 여자친구의 친구 중에 엄청 예쁘고 성격도 좋아 보여서 제가 소개해 달라고 한 달을 졸라서 소개받기로 한 날이었어요. 그런데... 아, 제가 뭐라고 부르면 될까요? 저보다 나이가 훨씬 많아 보이시니까, 그냥 형님이라고 할게요. 그런데 그냥 가만히 있던 저를 형님이 밀어서 제가 화단으로 날라갔거든요? 옷에 개똥 묻고, 흙범벅이 되어서 개판이었어요. 그런 꼴로 어떻게 만나요. 그래서 한 시간만 기다려 달라고 했는데, 그냥 없던 일로 하자고 했다고요! 전 그날 약속시간 3시간 전부터 준비했단 말이에요."
"아..."

212

말을 하다가 그때의 감정이 복받쳤는지, 말이 많아지면서 흥분하는 그놈이었다. 나는 바로 할 말이 떠오르지 않았다. 그러자 그 아이가 바로 말을 덧붙였다.

　"그리고 다음 날이 면접 보기로 한 날이었어요. 그런데 제가 어제 화단에 넘어지면서 얼굴에 멍이 들었더라고요. 면접관이 뭐랬는 줄 아세요? 면접도 보기 전에 쌈박질했냐고. 나이가 몇인데 아직까지 그러냐고, 중요한 날 앞두고 못 참냐고, 거기 꼭 들어가고 싶었는데... 서류 면접 통과하고 얼마나 좋아했는데... 이게 다 그냥 가만히 서있던 저를 형님이 밀어서 그런 거예요."
　"내가 몰래카메라를 당하지만 않았으면... 이런 일도 벌어지지 않았을 텐데..."

　하며 나는 감독을 쳐다봤다. 감독은 내 시선을 느꼈는지, 상대방에게 사과를 했다.

　"죄송합니다. 저희도 의도하지 않은 일이지만... 그날 그리고 수습을 해보려고 시도도 했는데 잘되지 않았어요. 그날 바로 오해를 풀었어야 했는데, 저희의 실수네요. 저희가 금전적으로나마 보상을 해드릴게요."

　맞다. 나 역시 피해자다. 내가 몰래카메라를 당하지 않으면 급하게 쫓기는 일도 없을 것이고, 그를 경찰이라고 착각해서 밀치고 가는 일도 없었을 것이다. 더군다나 나는 사흘 동안 정말 지옥 같은 시간을 보내지 않았나. 억울한 상황... 아... 혼자 생각하고 있던 내 머릿속에 번쩍하고 번개가 치는 듯했다.

저 아이의 얼굴을 보며 본인도 잘못해 놓고, 우리 측에서 사과하고 돈까지 준다고 하는데, 왜 아직도 표정이 거지 같냐는 생각이 들었던 나 자신을 반성했다.

"네. 저도 이쯤 할게요."
라고 대답하는 상대방에게 나도 그러자고 할 수 있었지만, 다시 내 생각을 말했다.

"미안... 아니 저도 죄송해요. 방금 생각을 곰곰이 해봤어요. 예를 들어서 친구가 장난치다가 나를 밀어서 모르는 사람 발을 밟으면? 내가 일부러 그런 것이 아니더라도 일단 '죄송합니다.' 하고 친구한테 니가 밀어서 밟았다고 뭐라 하잖아요? 그런 것 같아요. 저 역시 제가 의도해서 당신을 민 것은 아니지만, 저로 인해 그런 일을 당한 것에 대해서 진심으로 사과드릴게요. 죄송합니다. 저도 피해자라고 생각했기 때문에 억울해서 상황 판단을 잘 못했네요."

대화할 상황과 분위기가 만들어지니, 대화가 되었다.
대화가 되었기에 생각을 더 하게 되었다.

"... 형님, 저도 형수님? 분을 납치해서 정말 죄송해요."

"그리고 제가 정말 그때는 몰카인 줄 몰랐고, 죽은 사람 시체를 눈앞에서 봤어요. 그리고 그 살인자가 저라고 살인 누명까지 씌웠거든요. 정말 놀라서 그날 무슨 일이 있었는지 기억도 잘 안 날 만큼 놀랐어요."

이어지는 내 얘기를 듣자, 그 아이도 수긍을 해주었다. 각자 서로의 입장을 이해하고 서로 용서하는 시간을 가졌다. 이 아이 역시 이번 몰카의 간접적인 피해자였다. 나는 직접적인 피해자고. 아까 나를 민 친구한테 얘기한 것을 감독도 제대로 들었기를 바란다.

당신이 나를 밀었기 때문에, 내가 밀리면서 실수로 저 아이의 발을 밟은 것과 같은 상황인 것이다.

법적으로 가면 서로 복잡해질 것을 알기에 서로 용서해 주기로 했다. 대화를 하면 할수록 이 아이가 나쁜 아이는 아니라는 생각이 들었다. 상황이 그를 이렇게 만들었다.

결론은 제작진 측에서 위로금을 주기로 했다. 최대한 성의를 보이겠다고 말하면서, 회의하고 나서 섭섭지 않게 준비하겠다고 했다.

나와는 서로 화해를 하고, 훈훈하게 마무리되었다. 나중에 술도 한 잔하기로 했다.

이렇게 자리를 파하려고 했더니, 그 아이가 갑자기 내 아내를 불러 달라고 한다.

내 아내가 들어오자, 갑자기 무릎을 꿇더니 죄송하다고 말한다.

많이 무서우셨을 텐데, 정말 죄송하다고 한다.

아! 나도 미처 이 아이한테 '내 아내에게는 사과해야지.'라는 말을 못

하고 있었는데, 먼저 행동으로 보여준 것이다.

아내는 사실 납치죄로 경찰에 신고하려는 생각을 하고 있었는데, 지금 이렇게 사과를 해서 마음이 가라앉았다고 한다.

그런데 내가 이런 생각을 하면 안 되지만, 어떻게 보면 인과응보라고 생각할 수도 있겠다.
아내가 나를 대상으로 몰래카메라를 찍는 데 협조하지만 않았어도, 이렇게 나비효과가 일어나지 않았을 것 아닌가.
아씨, 이런 생각을 하면 안 되는데, 이번 일로 아내에게도 내가 서운한 감정이 있나 보다.

나와 이 아이와 둘이서 얘기를 하는 동안 명규는 밖에서 다른 2명의 아이와 대화를 하면서 자초지종을 들었나 보다. 얼추 얘기가 끝나가는 것을 보고 난입했다.

"어이, 동생."
"네?"
"면접 떨어진 곳 무슨 회사였는데?"
"그냥 회사입니다!"
"면접 본 곳이 뭐, 대기업이야?"
"아닙니다."
"이름이 뭐야?"

"이교한입니다!"

누가 봐도 살벌하게 생긴 명규가 말을 걸자, 이교한이 군기가 바짝 들어서 대답했다.

"그래, 교한아. 깡다구 하나는 좋던데, 생각해보고 낼부터 나와. 내일 오면 형이랑 운동 좀 하자. 수혁이 저 새끼, 저래 보여도 옛날에 날라다녔던 놈이니까, 쫌 빡셀 거야."
"네, 감사합니다!"
"그래, 돈은 너 면접 본 곳보다는 많이 줄게. 오케이?"
"넵!"

명규는 이교한이 마음에 들었는지, 명함을 한 장 줬다.
나도 마무리가 조금 되고 상금을 잘 받으면 이교한에게 섭섭지 않게 챙겨줘야겠다. 도의적으로 말이다.

상황이 마무리되자 극심한 피로감이 몰려왔다.
나에 대한 인터뷰는 나중에 하기로 하고, 우선은 그리운 집으로 갔다.
정신적으로 너무 힘들었기에, 일주일 정도 자체 휴가를 줘야겠다.
곧바로 내 핸드폰을 켜서 SNS와 톡 프로필에 '휴가 중'이라고 해놨다.
당분간은 연락이 오는 것만 받아야겠다.
일단은 아무 생각도 하기 싫다.

부우웅, 부우웅, 부우웅, 부우웅.

뇌에 있는 스위치를 끄려고 했는데, 꺼놨던 내 핸드폰에 부재중 전화와 메시지가 잔뜩 와있다.

이래서 영업하는 사람이 핸드폰을 끄면 안 되는 건데...

알림 오는 것들을 확인하고 있는데, 한 번호에서 전화가 10통이 넘게 왔네?

'누구지?' 하는 생각을 하는데, 그 번호에서 또 전화가 왔다.

부우우웅, 부우우웅

뭐지, 일단 받아보자.

"여보세요."

"네, 여보세요.. 크흑..읍...흑흑"

수화기 너머에서 남자 목소리가 들리자마자, 울음을 참는 듯한 소리가 들려왔다.

뭐야, 왜 모르는 남자가 내게 전화해서 우는 것일까.

"누구세요?"

"안녕하세요. 으읍.. 하아... 잠시만요."

내 모든 힘이 빠져나간 상태에서 상대방이 이렇게 뜸을 들이니까, 짜증이 확 밀려왔다.

"아, 누구시냐고요."

나에게 상담을 받던 모든 고객들의 번호는 핸드폰에 저장되어 있기 때문에, 모르는 사람일 가능성이 크다. 내 목소리에서 짜증이 느껴지니 상대방도 감정이 좀 가라앉았나 보다.

"안녕하세요. 저 김광범 씨 아들인데요. 아빠가 어제 뇌경색으로 쓰러지셔서 집에 있는 보험 파일을 봤는데, 한수혁 지점장님 명함이 있어서 전화드렸어요."

짜증이 확 들어갔다. 주변의 모든 것들이 내 시야에서 사라지고, 온전히 핸드폰에 내가 연결되었다. 그리고 내 목소리 톤이 바뀌었다.

"아, 안녕하세요~ 김광범 고객님 아드님이신가요. 아이고, 아버님께서는 어떠신가요..?"
"어제 갑자기 쓰러지셔서 바로 중환자실 오셔서 수술하셨는데... 아직 주무시고 계세요.."

울음을 참으면서 말하는 듯한 목소리에 감정이 이입되었다.

"아드님도 많이 놀라셨겠어요. 수술은 잘 받으셨나요?"

"의사선생님 말씀으로는 수술이 잘 되었다는데, 아직 깨어나질 못하시니까 계속 걱정되네요. 그런데 보험 파일에 있는 설명서를 보니까, 보장내역에 뇌경색이라는 항목이 따로 없어서 어떡하죠?"

그 말을 듣자마자, 태블릿 PC가 있는 내 가방이 있는 곳으로 뛰어갔다.

"잠시만요."

"지점장님, 제가 대학생이고 아직 알바생인데, 인터넷 검색하니까 수술비가 몇천만 원이라고 해요... 엄마 없이 아빠가 혼자 저 키우셨는데... 제가 아직 돈이 없어서.. 흑흑. 친척들한테 전화해도 다 나 몰라라 해요."

"잠시만 기다려 주세요. 너무 걱정하지 마세요. 잠시만요."

"네."

태블릿 PC로 빠르게 김광범 고객님을 검색했다.

"아버님께서 옛날에는 뇌출혈만 가입되어 있으셨는데, 다행히도 4년 전에 저한테 보험가입을 잘하셨네요. 뇌혈관 1천만 원, 뇌졸중 1천만 원, 진단비 2천만 원에, 혹시라도 혈전용해술 받으셨으면 2천만 원, 바로 수술하셨어도 뇌혈관 수술비 2천만 원 받아요."

"아... 진짜요?!"

"네, 뇌경색은 모든 뇌혈관에 포함되고, 뇌졸중에도 포함돼요. 그래서 진단비는 2천만 원 나오고, 아까 수술했다고 하셨으니까, 4천만 원 나오는 거예요."

"아… 감사합니다. 감사합니다."

"그리고 나라에 중증질환 등록되어서 30일간은 병원비 5%만 내면 돼요. 그러니까 30일 안에는 돈 아끼지 말고, 좋은 치료 다 받으시고요. 실비도 있으시니까 너무 걱정 안 하셔도 돼요."

"정말요? 아.. 근데 이해가 잘 안 가는데.."

아직 대학생이라서 이해가 잘 안 가나 보다. 이해하기 쉽게 다시 한 번 말해줘야겠다.

"실제로 쓰는 병원비는 중증질환 산정특례제도와 실비를 통해서 보장될 거예요. 그리고 4000만 원은 따로 또 나올 거고, 중환자실이나 입원 일당도 하루당 계산하여 나올 거예요. 그러니까 아버님께서 회복하시는 동안 쉬시더라도, 너무 걱정하지 않아도 돼요. 그리고 납입면제 되서서 이제는 돈 안 내도 다른 부분은 보장만 받으실 수 있을 거예요."

"아… 감사합니다. 한시름 놓았네요. 정말 감사합니다."

"네. 아버님 치료 잘 받으시고, 빨리 완쾌되시길 기도할게요. 조만간 병문안 갈게요. 그때 한번 만나요. 아, 맞다. 아버님 간호한다고 학교 빠지지 말고, 간병인 업체에 연락해서 간병인 꼭 써요. 간병인 보험도 가입하셨으니까요."

처음에 울먹이면서 통화했던 상대방이었는데 지금은 목소리에서 안정을 되찾고, 동생 같은 느낌이 들면서 병문안도 가겠다는 말을 했다.

이렇게 또 한 가정을 지켜냈다. 이런 일이 생길 때마다 내가 하는 일에 대해 자부심을 느낀다.

그리고 가장 보람 있는 순간이다.

이제 진짜 뇌에 있는 스위치를 끄고 쉬어야겠다.

제10장

복수자

집에만 있었는데 눈 깜짝할 새에 일주일이 지났다.

정말 영화 몇 편 보고, 드라마 몇 개 정주행했을 뿐이다.

쉬는 동안 서연이 등원과 하원은 내가 도맡아서 했다.

요리도 심심할 때마다 했더니, 요즘은 딸이 "아빠 최고!"라고 한다.

아내와의 관계는 그 전과 같이 잘 지내고 있다. 겉으로는...

그런데 무언가 예전과 같지 않다는 것을 서로가 느끼고는 있지만,

입 밖으로는 꺼내지 않았다.


상금은 3주 뒤에 입금된다고 한다.

친구들은 출연료를 이미 받았다고 한다.


...

일주일이 지났지만, 아직도 내게는 트라우마가 남았다.

그동안 PTSD, PTSD 말로만 들었는데, 이런 증상이 PTSD인가.

그 당시 느꼈던 무력감, 두려움, 억울함이 계속 떠올랐다.

그때 내 가정이 무너지면 어떡하나 하는 무서움과 나의 이 극심한 고통을 생각하면... 농락당한 것 같아서 밤마다 화가 난다.

내가 사랑하는 가족을 지키고자 했던 마음이 무시받은 듯한 느낌이 나를 옥죄어 왔다.


안 되겠다. 내가 몰래카메라란 걸 알았을 때의 그 배신감과 함께 지금까지 머릿속으로 계획했던 것을 실행하려고 한다.

복수를 하지 않으면 나는 화병이 나거나 정신병에 걸릴 것 같다. 그래, 복수를 할 것이다.

나는 이 생각을 하자마자, 일주일 만에 외출준비를 했다. 그동안 폐인처럼 있다가 오랜만에 깨끗이 씻으니, 오늘따라 인물이 좋아 보인다. 그리고 병원으로 향했다. 정신병원.


복수, 복수를 하는 것이다. 그러면 나의 병은 나을 것이다.


그날 나는 아내에게 둘만의 저녁식사를 하자고 했다. 서연이는 잠시 우리 어머니께 맡겼다.

오랜만에 식탁에 양초도 붙이고, 와인잔을 세팅했다.

아내가 오는 시간에 맞춰 요리를 시작했다.

먼저 프라이팬에 올리브유를 살짝 두르고 달궜다. 그리고 소고기 스테이크를 올리려는 공간 위에 버터를 한 스푼 올려서 녹였다.

버터가 보글보글할 때 스테이크를 올렸다. 고기 굽는 소리와 향이 너무 좋다.

스테이크를 집게로 들고 바닥에 다시 버터를 녹인 다음 뒤집었다.

음~ 음음~ 냄새와 소리가 절로 콧노래를 부르게 한다.

연애 때는 내가 한두 달에 한 번은 이렇게 스테이크를 구웠다. 그때는 양파, 버섯, 청경채, 감자 등을 같이 볶아서 지중해식 큐브스테이크라고 하면서 구워 줬다. 아내가 레스토랑에서 먹는 것보다 맛있다며 좋아했던 기억이 난다. 항상 요리할 맛이 나는 리액션을 해준다. 아내 덕분에 나는 요리의 재능을 발견했다.

오늘은 간단하게 고기만 구워서 접시에 올려놓고 와인 한잔하면서 대화를 나눌 예정이다.

고기를 뒤집어서 익히는 동안 스파클링 와인을 한잔씩 따라놨다.

아내는 술을 잘 못 먹어서 정통 레드 와인은 별로 안 좋아한다.

삐삐빅삐삐삑. 덜컥.

드디어 아내가 퇴근하고 집에 왔다.

"와아~ 맛있는 냄새 난다!"

퇴근하고 집에 오자마자 버터와 고기 냄새가 집안을 꽉 채우니, 엄청 행복해하는 그녀. 먹는 것에는 항상 진심이다. 아, 환기를 위해 창문은 열어 놨다.

각자의 접시에 스테이크 한 덩이씩 올려놓고 앉았다.
일주일 동안 밖에 나가질 않아서 잠옷만 입고 있던 내가 오랜만에 차려입고 앉아 있으니, 그녀도 퇴근한 복장 그대로 내 앞에 앉았다.

"잘 먹겠습니다~"

내가 요리해 주면 먹기 전에 항상 예의 바른 그녀. 나이프로 고기를 한 입 썰어서 입에 넣는다.

"와~ 여보, 오늘 고기 너무 잘 구웠다. 입에서 녹는다. 녹아! 저번 주에 수영이랑 밖에서 먹은 것보다 훨씬 맛있어! 대박! 아, 오늘 희수쌤이 뭐래는 줄 알아? 나한테 왜 이렇게 살 빠졌냐고 막~ 리즈시절로 돌아간 거 아니냐고 그러더라. 여보도 나 살 빠진 것 같아?"
"응, 그러게? 저번 주에 온유가 마음고생 많이 해서 살 빠졌나 보네?"

수영이는 아내의 절친이다. 한 달에 한두 번 정도 만나는 것 같다. 내 아내는 퇴근하고서 본인의 하루일과를 말하는 것을 좋아한다. 그리고 내가 보낸 하루를 듣는 것도 좋아한다. 내가 원래 이것저것 표현하는 성격이 아니다 보니, 임팩트 있는 사건만이라도 얘기해 달라고 해서 지금은 저녁식사 중 서로가 만족하는 대화도 잘하고 있다.

"여보가 해준 거 오랜만에 먹으니까, 고기만 먹어도 맛있다."

나는 말없이 씨익 웃었다.

"오빠는 오늘 어땠어?"
"나야 뭐, 오늘도 별일 없었지."
"피이, 요즘 맨날 말도 별로 안 하고."

온유가 고기를 반 이상 먹었다. 지금 얘기를 시작하면 그녀가 체할
까 봐 기다리고 있었다.

챙.

내가 와인을 들자, 같이 "짠!" 해주는 그녀.
한동안 서로 말없이 먹는 것에 집중했다. 아내는 배불렀는지, 마지
막 고기 조각을 내 입에 넣어준다.

"오빠, 나한테 할말 있지?"

역시 눈치는 귀신같이 빠르다. 그녀는 항상 내가 할말이 있으면 이
렇게 먼저 분위기를 만들어준다.

"응, 온유야. 나 오늘 어디 갔다 왔는지 알아?"
"어디?"

나는 가방에서 주섬주섬 하얀 봉투를 하나 꺼내서 식탁 위에 올려놨다.

탁.

[인천 정신건강의학과]

봉투 겉면에 적힌 병원 이름만으로 그녀는 눈이 동그래진다.

"오빠, 괜찮아? 무슨 일이야?"
"자꾸 생각나더라. 내 앞에 죽어 있던 사람. 내가 살인자로 몰려 있던 상황. 누군가로부터 계속 도망치던 상황. 그 와중에도 내가 가장 걱정되었던 게 뭔지 알아?"

아내는 알 것이다. 내가 그 긴박한 순간에도 가장 걱정되었던 것.

"응... 미안해."
"내가 잘못되면 온유랑 서연이는 어떡하냐였어. 내가 혹시라도 살인 누명을 쓰고 감옥에 가면 남은 가족들은 어떡하지? 이 생각만으로 버텼어. 깡패들한테 도망치고, 경찰들한테 도망치고, 진짜 치고받고 싸우면서도. 난 온유를 가장 먼저 생각했어. 근데 이런 일이 벌어진 게 내가 가장 사랑하는 사람이 친 장난에 불과했다니... 내 정신력으로는 병원에 갈 수밖에 없더라. 미안해. 내가 인격적으로 많이 부족한가 봐. 너무 힘들다."

어느새 그녀는 내 손을 잡고 눈물을 흘리고 있었다.
나는 말없이 봉투를 열어서 그녀에게 줬다.
이 안에 들어있는 종이에서 가장 중요한 내용은 이 부분이다.

[외상 후 스트레스(PTSD)에 의한 사회불안장애, 피해망상, 공황장애, 대인기피증 의심 소견. 지속적인 치료 필요함.]

"미안해, 정말... 오빠 정신적으로 많이 힘든 상황이었구나... 오빠 항상 강한 사람인 줄 알았어. 이 정도쯤은 웃으면서 아무렇지도 않게 넘어갈 만큼 강한 사람인줄 알았어. 내가 잘못했어."
"나도 사람이야. 나도 감정이 있고, 생각이 있는 사람이라고."
"..."
"강한 사람도 상처받을 수 있다고...

그녀는 터져 나오는 울음을 참느라 계속 대답하지 못했다. 분위기가 극에 이르렀다. 여기서 하이라이트를 장식하려고 마지막 멘트를 날리려고 했지만, 나는 차마 그러지 못했다.
내가 가장 사랑하는 사람한테 선을 넘은 복수는 진행하지 못하겠다.

사실 내가 생각했던 마지막 멘트는 '우리 이제 그만하자.'였다. 지금 생각해보면 내가 살인 누명 쓴 것만큼의 고약한 주제다. 이 말을 안 하길 잘했다고 지금도 생각한다.

더불어 이 말을 한 후, 나도 "몰래카메라입니다."라는 가벼운 분위기로 마무리할 수가 없었다.

그랬다간 정말 우스워질 것 같았다.

그래서 마지막 말의 방향을 간신히 틀었다.


"이런 식으로 해서 우리가 이혼소송 준비한다는 것을 보여줄 거야."

"뭐라고? 미쳤어? 나랑 이혼한다고?"

"아니, 제작진들한테 '당신들 때문에 우리 이혼 준비까지 한다.'라는 것을 보여줄 거라고."

"아... 어?"

"그리고 정신병원도 계속 다닐 거야."

"어? 괜찮은 거야?"


눈물이 범벅이 된 채로 눈이 동그래지며 물어보는 아내가 난 여전히 귀엽다.


"나 여보가 생각하는 강한 사람 맞아. 걱정하게 해서 미안."


퍽퍽퍽.

"아악, 아파!"

내 팔뚝을 무자비하게 때리는 아내였다.

"그리고 나 내일 경찰서 가야 돼."
"왜?!"

나는 문자를 보여줬다.

[한수혁님 인천경찰서 형사2팀 마경식 수사관입니다. 접수번호 2021-50** 사건 관련 문의사항이 있으니 2021. 09. 30. 18:00시까지 경찰서 1층 형사과 사무실로 신분증 지참하여 출석 바랍니다.]

그 밑에는 경찰서 주소가 적혀 있었다.

"아마 촬영 1일 차에 음주운전이랑 촬영 2일 차에 폭행사건 후 도주 죄로 출석 요청한 것 같아."
"촬영하다가 실제로 이렇게 된 거야?"
"응, 그러니까 제작진에 손해배상 청구까지 확실히 해야지. 너무 걱정하지는 마. 둘 다 잘 해결될 거야."

내가 말도 안 되는 몰카를 당한 만큼, 나도 아내에게 이혼하자고 몰카하려고 했지만, 못 했다.

원래는 정말 화가 나서 준비는 했지만, 그녀에 대한 사랑이 크기에... 실행을 하지는 못했다.

그렇지만 제작진들에게는 실행할 것이다.

이혼소송 서류라던가, 이런 것들을 구해서 제작진들을 속일 것이다.

어떻게 보면 이렇게까지 하는 것을 유치하게 생각할 수도 있다.


하지만 이렇게 하지 않으면 내가 정상적으로 살 수가 없겠는데, 어떻게 하는가.

밤마다 이불을 발로 차면서 평생 고통스러워하다가 보면 잊힐 것이라고 생각해야 하는가.

그냥 내가 재수가 없어서 사흘 간의 지옥을 맛본 것이니까, 그냥 잊으라고 말할 수 있는 것인가.


나는 그 당시에도 분명히 내게 다짐했었다. 나를 이렇게 만든 놈들에게 복수를 하겠다고.

이제부터 시작이다.


다음 날 아침, 나는 제작진에게 전화를 걸었다.


"다른 사람들은 모두 출연료를 받았던데, 저는 어떻게 되는 건가요?"


제작진으로부터 상금 1억 원 받는 게 있으니까, 출연료는 따로 책정하지 않았다는 답변을 들었다.

상금은 상금이고, 출연료는 출연료지 않냐는 내 말을 듣고, 상의 후 다시 연락을 준다고 하며 끊었다.

잠시 뒤, 감독에게 다시 전화가 왔다. 출연료는 아직 책정 못했는데, 일단 인터뷰라도 먼저 해달라는 말이었다. 경찰서 가기 전에 인터뷰를 하고 가야겠다.

제작진이 있는 방송국에 갔더니, 모두가 나를 환대한다.

"오우~ 우리의 주인공 한수혁님 오셨습니까?!"
"주연 당첨이죠!"
"캬아~ 나도 하늘에서 1억 뚝 떨어졌으면 좋겠다~"
"덕분에 촬영 잘 끝났어요! 수혁 씨 촬영 끝나고, 이미 섭외했던 분들만 몇 분 더 찍었는데, 다 1단계 탈락. 역시 수혁 씨, 리스펙트해요!"

나와는 다른 분위기의 이들에게 나는 말없이 그냥 "허허!" 하고 웃었다.
이때 제작진들의 환호성에 의해 지나가던 국장이 나를 주시하고 있음을 나는 몰랐다.
근데 사람들에게 둘러싸여 있으니, 문득 궁금한 것을 물어봤다.

"근데 제가 뭐 찍은 거예요? TV 프로그램인가?"
"네, 새로 기획한 예능이에요. 역대급 제작비를 쓴 몰래카메라가 컨

셉이에요. 하하."

"아, 예능이었구나. 나는 목숨 걸고 찍었는데... 제가 생각했을 때는 다큐거든요. 영화로 만들면 대박이겠다고 생각해서."

애기를 들어보니, 국내 대형 방송플랫폼 JTVN의 초대작 예능이라고 하고, 제목은 〈역대급 몰래카메라〉라고 한다. 나처럼 일반인들에게 엄청난 비용을 들여서 몰카를 찍는다고 한다. 그리고 연예인 패널들이 우리에 대해서 떠들겠지.

누구인지 모를 직원의 안내에 따라 마련된 미팅룸에 들어갔다. 잠시 간 촬영 용품 세팅을 한 후 바로 인터뷰에 들어갔다.

그 당시 기분이 어땠냐. 이럴 때는 어땠냐, 저럴 때는 어땠냐, 왜 이렇게 했냐, 왜 저렇게 했냐 등의 질문이 쏟아져 나왔다.

그중 내가 대답했던 것 중에서 가장 많이 생각나는 두 가지를 꼽아보겠다.

[한수혁 씨는 그 상황에서 왜 경찰에 신고하지 않으셨나요?]

"일단 제가 정말 살인 누명을 썼다고 생각했습니다. 음... 경찰은 시민의 말 하나하나에 귀 기울이지 않습니다. 그죠? 경찰은 어떤 사건이 터지기 전에 미리 예방하는 역할을 하지 않습니다. 사건이 터진 후 가서 해결하는 역할을 하죠. 경찰을 능동적으로 움직이게 하는 힘은 시민 중 한 명이 범죄를 저질러서 그를 잡으러 갈 때입니다. 경찰 입장에서는 나 한수혁이 범죄를 저지른 사람이고, 나를 잡기 위해 움직이는 사람이라고 생각하고 있었을 겁니다. 본인들이 잡으려는 사람이 신고를 한다? 씨알도 안 먹힐 겁니다. 그렇기에 신고를 했어도 그냥 나를 잡아버릴 거고, 그럼 내 가족들은 무슨 죄를 지었다고 남편과 아빠를 잃어야 됩니까? 그런 도박을 하기 싫었던 것이죠."

인터뷰를 진행하는 사회자는 내 말에 대답하면서 리액션을 해주었다. 나는 잠시 쉬었다가 다시 말을 이어나갔다.

"누군가가 문자로 한 시간 뒤 나를 때린다고 했을 때, 경찰에 신고해도 형사처벌이 불가능하죠.

그래서 그 누군가가 내게 와서 진짜 나를 때렸다? 그래야만 형사처벌이 가능하죠.

또 다른 예를 들어볼게요. 누군가가 스토커에게 고통받고 있다고 할 때, 정말 죽고 싶을 만큼 소름 끼치고 힘든데 신고해도 소용이 없어요.

정황상 내가 누군가를 죽인 살인범으로 몰려 있을 때, 내가 그를 안 죽였다는 증거도 없이 경찰과 접촉했다가는 아마도 얼씨구나 하고 나를 먼저 잡고 시작했을 것 같네요. 그럼 나는 그 안에서 아무것도 못 한 채 끌려다니게 되는 거죠."

[실제로 싸움을 잘하던데, 어렸을 때 싸움을 많이 했나요? 혹시 학폭이나 이런 과거가 있으실까요?]

"뭐 이딴 질문을... 일주일에 3일씩 운동하러 체육관에 다니고 있어요. 운동부족으로 몸이 좀 안 좋았던 적이 있어서 다시 운동 시작했고요. 주 3회 운동한 지는 2년 정도 되었네요. 학교폭력은 저와 관련이 없어요. 시비 건 학우와 서로 치고받고 싸운 적은 있어도, 누군가를 일방적으로 폭행한다거나 괴롭힌 적은 없어요."

[마지막으로 시청자들께 하고 싶은 얘기가 있을까요?]

"지금이야 제가 이렇게 웃으며 얘기할 수 있지만, 3일 동안 저는 정말 죽을 만큼 괴로웠습니다. 그렇기에 각본에 따라 만들어진 드라마나 영화보다 현실감 있게 몰입하실 수 있으리라 생각됩니다."

인터뷰를 최대한 성의 있게 하고 나왔다. 아무도 내가 정말 고통스러웠을 거라는 생각은 안 하나보다.

그냥 사흘 동안 밀착 촬영했고, 1억 원을 받아서 부럽다. 이렇게 가볍게만 생각하고 있는 듯했다.

나는 곧바로 경찰서에 갔다.

담당 경찰과 얘기해 보니, 내가 오게 된 이유는 2가지라고 한다.

첫 번째는 음주운전 후 도주이고, 두 번째는 폭행사건 후 도주이다.

그나마 다행인 건, 음주운전할 때 사고로 이어지지 않은 점이다. 사고로 이어졌다면 더 큰 처벌을 피할 수 없었을 것이다. 혈중 알코올 농도 0.004%는 면허 100일 정지에 벌금이다. 이렇게 된 배경에 대해서 어떤 사람들이 나를 몰카를 했고, 도망가다가 그랬다고 차분히 설명했다. 그들의 대답은 한마디로 '그래서 어쩌라고'였다. 이 부분도 손해배상 청구에 달아야겠다. 아, 맞다. 도주할 때 발생한 내 차 수리비도 까먹지 말아야겠다.

두 번째 사건은 다행히 상대방 측에서 서로 합의하여 원만하게 끝냈으면 좋겠다고 얘기했다. 연행 중 도망간 것은 공무집행방해죄로 들어갈 수 있다고 하는데, 그냥 상대방들과 잘 합의하라고 한다. 다행이다.

집에 와서 아내에게 면허정지를 당한 것과 벌금을 내야 한다는 것, 그리고 자동차 수리비에 대해 얘기했다.
안 그래도 아내가 아까 제작진과 통화를 해봤는데, 이 부분은 본인들이 기획한 게 아니고 남편이 독단적으로 행동한 것이기에 도움을 줄 수 없다고 답했다고 한다.
어이가 없네. 상금 1억 먹고 떨어져라 이거냐?
내가 하는 일의 특성상 차를 갖고 다니는 것이 좋다. 대중교통을 이용해서 무거운 서류와 고객용 선물들을 들고 다니는 것은 체력 소모가 훨씬 크다. 운전을 못하면 힘은 더 들고, 수입은 줄어들 수밖에 없다.

근래 들어 내게 있던 일 중 가장 큰 해프닝이었던 몰래카메라 사건의 마무리를 아직 다 못했다.
그렇지만 이제 현실로 복귀할 시간이다. 오늘부터 출근을 해야겠다.
하루 종일 일하고 집에 와서 아내와 딸과 저녁식사를 하고 시간을 좀 보내다 보면, 시간은 정말 빨리 간다.

어느덧 날씨가 추워졌다. 계절이 바뀐 것이다. 그 시간 동안 나는 정신병원에 꾸준히 다녔다.

"선생님, 저는 사람을 죽이지 않았어요. 안 죽였어요. 그런데 자꾸 제가 죽인 것만 같아요. 뉴스에도 제 이름이 나왔었거든요. 경찰이 절 잡으려고 한 적도 있고요."

"선생님, 깡패들이 자꾸 저를 죽이려 들어요. 오늘도 어떤 놈이 엘리베이터에 같이 타서 재빨리 내려서 계단으로 뛰어 올라갔어요."

"혼자 있으면 무섭고, 모르는 사람과 있으면 불안해요. 시발~~아악~!"

거짓말을 하면 할수록 더 큰 거짓말을 하는 것처럼, 멘트가 계속 발전하고 있었다.

"와이프가 저를 죽이려고 해요. 음식에 이상한 것을 넣은 거 같기도 했어요."

오늘도 병원에 왔다. 오면 올수록 연기 실력이 느는 것 같다. 항상 같은 레퍼토리로만 하는 것 같아서 오늘은 아내를 언급해 봤다. 이런 젠장, 다음 방문 때는 아내와 같이 방문해 보라고 한다.

다음 단계로 넘어가기 위해 변호사를 찾으러 다녔다. 법원 앞에 있는 정통 변호사 사무실도 가보고, 몇십 년 경력을 자랑하는 베테랑 변호사 사무실도 가봤다. 많은 변호사들이 하는 말은 이거였다. "그래서 의뢰인께서는 어떻게 하기를 바라십니까?" 다들 이렇게 뭐 이런 걸로 왔냐는 반응이었다. 심지어 어떤 변호사는 "상금이 엄청 크네요?"라는 말을 하던데, 한숨이 절로 나왔다.

사건의 특수성이 크다 보니, 나이가 지긋하신 분들은 안 되겠다 싶었다.

그렇게 여러 곳을 다니면서 아직 마음에 드는 곳을 찾지 못했는데, 인터넷 검색을 통해 색다른 변호사를 찾아서 먼 길을 왔다.

변호사 사무실에 도착해서 들어가자, 젊고 잘생긴 변호사가 생글생글 웃으며 나를 맞이했다.

"안녕하십니까, 두문동 변호사입니다. 두 씨가 흔하지 않죠? 머리 두, 그만큼 머리가 비상하단 뜻이죠. 하하."

인사말을 듣자마자, 바로 본론으로 들어가 변호사에게 내가 겪었던 일들을 말했다. 살인 누명을 씌우는 몰래카메라를 찍어서 조폭에게 쫓기고, 경찰에게 쫓기고, 실제로도 싸웠다. 아내랑 친구도 나를 속였다.

그래서 현재 정신병원에 다니고 있다. 촬영 중에 음주운전으로 면허정지와 벌금을 냈다. 촬영 중에 폭행사건에 휘말렸지만, 다행히 합의를 잘했다. 일상생활을 제대로 하지 못할 정도의 정신적 피해보상과 면허정지로 인해 생업에 피해가 커서 그것들에 대한 손해배상 청구를 하겠다는 것을 말했다. 그리고 지금 상금은 입금되었는데, 아직 출연료를 받지 못해서 제대로 정산받고 싶다는 것이 내 의견이었다.

"호오~ 아주 특이한 케이스네요. 재밌겠어요. 어떤 분들은 이런 말을 했을 거예요. 그래서 상금을 1억이나 받지 않았냐? 하, 참. 사람을 뭘로 보고. 그쵸? 의뢰인께서는 목숨을 걸고, 가족을 걸었는데 말이에요? 저는 탁 까놓고 말씀드릴게요. 의뢰인께서 한몫 단단히 챙길 수 있게 이 한 몸 다 바쳐서 최선을 다해보겠습니다!"

내가 만난 변호사 중에 가장 속물 같은 답변이었다. 하지만 나는 그 모습이 마음에 들었다.

그래, 발에 땀이 나도록 발품을 판 보람이 있구만.

"아직도 그 생각만 하면 밤에 잠을 잘 못 자요. 잘 부탁드립니다."
"네! 하하, 의뢰인께서 밤에 두 다리 쭉 펴고 잘 주무실 수 있도록 도와드리겠습니다!"

며칠 뒤, 변호사로부터 문자 한 통이 왔다.

[방송국에 내용증명서 하나 기가 막히게 만들어서 보냈습니다. 만나

자고 연락이 오면 저에게도 알려 주시기 바랍니다. 제가 동행하겠습니다.]

심지어 이렇게 적극적으로 먼저 나서주니, 아주 든든한 아군을 얻었다는 생각이 들었다.

변호사로부터 문자를 받고 이틀 뒤, 제작진으로부터 전화가 왔다. 미팅하자는 내용이었다.

나는 바로 변호사에게 전화를 했다. 변호사가 나를 데리러 와서 방송국에 같이 갔다.

"여기까지 안 오셔도 되는데..."
"아이고~ 어차피 가는 길인데 같이 가는 거죠. 뭐. 의뢰인께서는 지금 그놈들 때문에 면허도 없지 않습니까!"
"감사합니다. 오늘 잘 부탁드립니다."
"이렇게 멋있으시고 똑똑하신 의뢰인께서 정신건강의학과에 다니실 정도라는 게 아주 안타깝습니다~ 어쨌든 저는 최고의 결과를 내기 위해, 오늘 함! 해보겠습니다!"

방송국에 들어가자, 예전에 왔을 때와는 분위기가 180도 달라져 있었다.
그전에는 나를 둘러싸서 환호하던 사람들이 멀리서 나를 힐끔힐끔 볼 뿐이었다.

나와 두문동 변호사는 전장에 나가는 마음으로 미팅룸에 들어갔다.

미팅룸 안에는 봉태호 감독과 김민희 작가, 그리고 스탭 몇 명이 있었다.

봉태호 감독이 나를 원망하는 표정으로 바라보며 아쉬운 소리를 했다.

"내용증명서는 잘 봤습니다. 아무리 생각해도 한수혁 씨, 너무합니다. 꼭 이렇게까지 하셨어야 되나요?"

"음? 한수혁 씨가 정이 많으신 분이라 바로 소송 안 하시고 이런 자리를 먼저 만들어 드린 겁니다. 하하."

내가 대답하기에 앞서 두문동 변호사가 능글맞게 웃으며 먼저 선수를 쳤다.

그러자 김민희 작가가 울상을 지으며 말했다.

"정이 많으신 분이 왜 이러세요? 저희가 그래서 상금도 1억이나 준비했잖아요. 돈이 부족하세요?"

"어허, 누구시죠? 아, 작가님? 돈이 부족하냐요? 돈이 부족하냐구요!? 돈? 하하하. 작가님 눈에는 제 의뢰인께서 PTSD가 와서 생활에 지장이 생긴 것은 안 보이세요?"

"아니, 몰카 좀 찍었…"

두문동 변호사가 김민희 작가의 말을 끊으며, 손짓발짓을 섞어가며 말했다.

"작가님? 정신병원 다녀 보셨어요? 정신질환이 얼마나 힘든지 잘 아세요? 너무 힘들어서! 너무 힘들다가 자신의 생을 마감하는 사람들을 본 적 있으세요?"

"…"

두문동 변호사의 언변술에 김민희 작가가 정신을 못 차리고, 완전히 말려 들어가는 것이 보였다.

내가 사람 하나는 잘 구했다.

"저는 지금껏 몇 번을 봐왔습니다. 억울해서… 너무 억울하고 속이 터질 것 같아서… 자신의 목숨으로 증명을 하려는 분들을! 저는 봐왔습니다. 그런 분들이 생기실 때마다 저는 수없이 고뇌하고 고뇌합니다."

"저기요. 솔직히 몰카 좀 찍었다고 누가 정신병원을 다녀요?"

두문동 변호사가 눈가가 촉촉해져 열변을 토하고 있는데, 김민희 작가가 찬물을 끼었었다. 그러자 변호사가 내 의사소견서를 꺼내며 말을 이어나갔다.

"외상 후 스트레스(PTSD)에 의한 사회불안장애, 피해망상, 공황장애, 대인기피증 의심 소견. 지속적인 치료 필요함. 이런 정신질환들이 생기면 일상생활이 제대로 될까요?"

"뭐라고요? 무슨 병이 그렇게 한 번에 많이 생겨요? 이참에 한몫 챙기시려는 거 같은데요? 이거 순 사기꾼 아니야?!"

"사기꾼이요? 제 의뢰인께서 당신한테 사기를 친 적이 있습니까? 사기는 당신네들이 친거죠! 제 의뢰인께서 사람 죽였다고 사기친 거 아니야! 지금!!! 명예훼손을 하시네요? 그리고 제가 보낸 내용증명서는 잘 읽어보셨습니까? 아니면 제가 쓴 글에 대한 독해력이 부족하신가?"

"뭐야? 당신 뭐 하는 사람이야? 당신..."

"그쪽 이름이 뭐라고요? 아~ 김.민.희. 작가님이 이번 사건의 주동자이신가요? 메모해야겠네요, 김민희 작가님!"

두문동 변호사는 이 말을 하면서 실제로 메모지에 김민희 작가라고 적고 있었다. 놀란 김민희 작가가 두 눈을 동그랗게 뜨고 이 말밖에 못했다.

"네에?!"


감정이 격해지자, 봉태호 감독이 김민희 작가의 입을 막았다.


"하아... 네, 잘 알겠습니다. 변호사님. 사실 내용증명서를 받아보고 이틀 동안 잠을 못 잤습니다. 어디서부터 잘못된 걸까. 내가 잘못한 건가? 오늘은 헛구역질이 나와서 병원에 가보니, 스트레스성 위염이라고 합니다. 저도, 아니 저희도 참 난감합니다. 정말 이렇게 나오신다면 저희 쪽도 변호사를 구해야 될 것 같습니다."


봉태호 감독이 감정을 억누르며 조용하게 말했다. 처음에는 감독의 자책하는 모습과 몸이 안 좋아졌다는 이야기를 듣고 약간 미안한 감정이 들었다. 내가 너무한 게 맞는 건가? 그러다가 마지막 말을 듣고는 계속 이렇게 나온다면 본인도 변호사를 구해서 대응하겠다는 건가? 생각을 하던 차에 김민희 작가가 작게 궁시렁대는 소리가 들려왔다.

"아니, 내가 스토리를 그렇게 짰냐고. 내가 그렇게 하라고 시켰나고. 본인이 일을 계속 더 키웠으면서. 웃긴다. 정말."

그 말을 듣고 약간의 미안한 감정이 쏙 들어갔다. 내 입에서 큰소리가 나오는 것이 목 끝까지 차올랐지만, 두문동 변호사가 또다시 재빨리 대응을 했다.

"작가님? 작가님 바로 앞에서 피 흘리며 죽어 있는 사람 본 적 있으세요?"
"진짜 죽은 것도 아니고, 심지어 죽이는 걸 본 것도 아닌데, 왜 오버야?"
"아니, 당신이나 진짜 죽은 게 아닌 걸 알지, 당사자 입장에서는 그순간 시체를 본 거라고! 이 사람이 정말! 웃으면서 좋게 좋게 말하니까 안 되겠네. 소송 절차 밟겠습니다. 김민희 작가님 성함은 잘 체크해 놨습니다. 의뢰인께서도 일어나십시오. 더 이상 대화가 안 될 것 같습니다. 다음엔 법정에서 봅시다."

두문동 변호사가 먼저 일어나고, 나 역시 따라 일어났다. 그때 머리가 하얗고 나이가 지긋하신 남자분이 미팅룸 문을 열었다.

나가려는 나와 문 앞에서 마주쳤다. 그가 먼저 내게 말을 걸었다.

"장승규 국장이라고 합니다. 저희 직원들이 실수를 했다고 들었습니다. 죄송합니다."

"네, 저는 한수혁 의뢰인님의 변호를 맡은 두문동 변호사입니다. 다음에 다시 뵙겠습니다."

나와 두문동 변호사는 더 이상 뒤도 돌아보지 않고, 밖으로 빠져나왔다.

내가 직접 그들과 대화를 나눴다면 감정싸움이 더욱 격해졌을 것이다.

나를 변호해 줄 사람이 있다는 것이 이렇게 든든한 줄 처음 알게 되었다.

그런데 나였으면 이 기회에 국장이랑도 대화를 조금 해봤을 것 같은데, 이 변호사 아주 대단하네.

사실 나는 그렇게 지나가면서도 은근히 긴장이 되었었다.

\*\*\*

며칠 뒤, 저번에 마주친 국장으로부터 전화가 왔다. 소송은 조금만 더 미뤄 달라고 말하며, 본인과 미팅을 한 번만 더 해달라는 내용이었다.

이번에는 장승규 국장과 봉태호 감독, 그리고 스탭 몇 명이 내 사무실로 오게 되었다. 김민희 작가는 오지 않았다. 두문동 변호사는 그들보다 먼저 도착했다.

오늘은 저번처럼 감정싸움이 아닌 실속 있는 미팅을 하게 되었다.

"예전에 한수혁 씨가 영화 제작에 관해 얘기하는 것을 국장님이 지나가다가 들으셨습니다. 내부에서 방송편성을 하려고 했던 기획과 영화 제작을 놓고 많은 고민을 한 끝에 이제야 결정되었습니다."

나와 두문동 변호사 둘 다 별다른 얘기 없이 그들을 쳐다봤다. 아직은 딱히 대답할 만한 말이 없어서 묵묵히 쳐다보니, 장승규 국장이 말을 다시 이어갔다.

"한수혁 씨를 찍은 영상물은 한 편의 다큐멘터리 영화로 제작될 겁니다. 우리 측에서는 계속된 내부회의를 통해 가능성을 보았습니다. 그리고 다른 섭외자들의 영상들과 함께 시리즈물로도 방송에 송출될 겁니다. 두 가지 버전으로 편집을 하고 있습니다. 그에 따라 출연료 책정이 늦어졌습니다."

"그렇군요."

이런 분위기에 휘말리면 안 되지만, 마음이 초조해져서 '그래서 얼마 줄 건데?'라고 바로 물어보고 싶다. 안된다. 휩쓸리지 말자. 먼저 얘기할 때까지 기다리는 거다. 나는 기다리려고 했는데, 우리에게 선 제시를 요청했다.

"그래서 한수혁 씨는 어느 정도 받았으면 좋겠다는 생각을 해보신 적 있나요?"

"네, 제 의뢰인께서 3억+3%는 받아야 합당하다고 생각합니다."

제작진 측이 내게 물어보자마자, 두문동 변호사가 그 말을 바로 받았다. 그러자 제작진들에게서 당황한 분위기가 느껴졌다.

"3억이면 톱 배우 수준의 출연료입니다. 너무 높습니다. 게다가 러닝 개런티도 원하신다면 출연료를 낮춰 주셔야 됩니다."

나는 두문동 변호사와 회의를 했었다. 내가 얻은 정보에 의하면 국내 톱 배우 출연료는 6+6이라고 한다. 출연료 6억에 이익의 6%를 가져간다고 한다. 예를 들어서 손익분기점 500만 명인 영화가 1,000만 관객을 달성했다고 한다면, 500만 명분의 순이익이 발생한다. 이를 160억 원으로 잡고 거기서 6%는 9.6억 원이다. 그러면 6억에 9.6억을 더 받아서 15.6억? 으익? 이렇게 많이 받는다고...? 하긴 천만 관객을 달성하기가 하늘의 별 따기지.

사실 나도 이게 확실히 맞는 건지는 모른다. 그냥 우리가 얻은 정보를 토대로 밀고 나갈 뿐이다.

"제 의뢰인께서 주연배우 역할을 맡은 거나 다름없지 않습니까? 게다가 의뢰인께서는 지금도 정신과 치료를 받고 계십니다. 제가 보내드린 내용증명서에 병원기록도 적혀 있습니다. 또한 이번 촬영을 하면서 형사처벌까지 피해 갈 수 없었습니다. 살인 누명으로 인해 정상적인 사고가 되지 않는 상황에서 범법을 저지르게 되었습니다. 이는 귀사에서 의뢰인을 속이지 않았다면 벌어지지 않았을 일입니다. 그럼에도 불구하고 어떤 도움도 주지 않았습니다. 이는 비즈니스적 관계에서

뿐만 아니라 도의적으로도 옳지 않다고 생각합니다."

"그 부분은 저희도 죄송하게 생각합니다. 그리고 형사처벌과 관련해서 저나 봉 감독에게 보고가 오지 않았습니다. 저희 직원이 본인 판단하에 그렇게 행동한 것 또한 죄송하단 말씀 드리겠습니다. 그렇지만 제시하신 금액은 저희가 감당할 수 있는 수준이 아닙니다. 최초에 예능 방송으로 예산을 잡았습니다. 너무 무리한 금액을 요구하시면 이번 기획 엎어질 수밖에 없습니다. 저희는 촬영을 다시 시작해야겠지요."

역시 두문동 변호사를 데리고 오길 잘했다. 내가 내 입으로 꺼내기 어려운 말들을 스스럼없이 내뱉어 줬다. 이 변호사는 처음 봤을 때와는 다르게 든든하다. 얼굴색 하나 변하지 않는 모습이 대단했다. 나 역시 대면 상담을 많이 하면서 대화를 나누다가 별것이 아님에도 얼굴이 새빨개지는 고객들을 많이 봐왔다.

특히나 가장 어려운 금전적인 부분, 그것도 목돈을 거론함에 있어 포커페이스를 유지하는 것은 타고나야 한다고 생각한다. 나였다면 아마 민망함에 약간 주눅이 들었을 것이다. 두문동 변호사가 봉태호 감독에게 질문을 했다.

"그렇다면 봉태호 감독님은 출연료를 어떻게 생각하셨습니까?"

감독이 턱을 쓰다듬으면서 말한다. 이것 봐라. 이 바닥에서 잔뼈가 굵은 사람도 본인만의 제스처를 취할 수밖에 없는 것이 목돈 얘기다.

"TV 예능 편성이 6부작입니다. 한수혁 씨는 그중 3편에 나와요. 저희가 특별히 유명 개그맨 예능 출연료 수준으로 맞췄습니다. 회당 1,000만 원 x 3회입니다. 영화에 대한 출연료는 5,000만 원으로 잡았습니다. 이것도 전례에 없던 수준의 금액입니다."

"전례에 없다는 말은 방송가 전체인가요. 본인의 전례에 없다는 건가요. 제가 연예계에 몸담은 적은 없지만, 말씀하신 금액은 조연배우 수준의 출연료라고 알고 있습니다. 예능이든, 드라마든, 영화든 주연배우는 주연배우에 대한 대우를 해줍니다. 아닙니까?"

장승규 국장과 봉태호 감독 둘 다 바로 대답을 하지 않자, 두문동 변호사가 말을 다시 이어갔다.

"제 의뢰인께서 인터뷰 때도 죽을 만큼 힘들었다고 대답했다고 알고 있습니다. 눈앞에서 사람이 죽어 있는 것을 보고, 그 살인 누명을 쓰고, 깡패에게 쫓기고, 경찰에게 쫓기고, 얼마나 정신적인 충격이 컸으면 PTSD까지 왔겠습니까. 아까 협상 엎어지면 촬영 다시 한다고 하셨죠? 네. 그렇다면 정신과를 다닐 만큼 힘들게 한 정신적 피해보상과 형사처벌을 받게 만든 것에 대한 손해배상 청구에 대해 정식으로 소송을 하게 되는 과정을 밟을 수밖에 없습니다. 정식적인 소송이 되냐 안되냐의 기준 금액은 2억입니다. 지금 2억을 부르시면 소송까지는 안 갈 거라는 거죠."

국장의 표정이 한순간에 어두워지고, 굳게 다물었던 입이 열렸다.

"소송까지 가는 건 너무하지 않나? 우리가 뭐 진짜 나쁜 사람들이라 한수혁 씨한테 해코지했어요? 우리가 의도한 상황도 아니고, 피차 아는 사람이, 저희와 함께한 사람이 그러면 못 쓰지요."

"바로 그겁니다. 그걸 아니까 제 의뢰인께서도 최대한 좋게 가자고 해서 이 자리에 한 번 더 오신 겁니다. 저는 바로 법적 대응을 하려고 했습니다. 그게 효과가 제일 좋습니다. 그렇지만 마음이 넓으신 제 의뢰인께서는 그간의 정이 있기에 만나서 얘기라도 들어보고 싶다고 하셨습니다. 아까 말씀하신 출연료에 정신적 피해보상과 손해배상 청구에 대한 금액을 조금 더 얹는다고 생각하고 좋게 가는 게 좋지 않겠습니까. 법원에서 다시 만나면 서로 더 피곤하고, 서로 돈도 더 쓰는 겁니다."

급기야 제작진들끼리 귓속말을 주고받았다. 분위기가 무르익었다. 진정한 사냥꾼은 사냥할 타이밍을 정확히 알지 않는가. 내게 그 시간이 주어진 것이다. 여태껏 입을 다물고 있던 나는 드디어 입을 열었다.

"제작진 측에서 생각했던 금액 8천만 원에 정신적 피해보상 및 손해배상 7천만 원, 1억 5천으로 맞춰 주시면 흥행할 수 있도록 모든 부분에서 최대한 협조하겠습니다. 크게 도움이 될 진 모르겠지만, 홍보도 함께 하겠습니다."

여기서 너무 무리하다가 배 째라는 식으로 나오면 곤란하다. 이 정도 분위기가 무르익었으면 마무리를 해도 될 것이다. 국장의 표정에서 결연함이 묻어나왔다.

"좋아요. 그렇게 하죠. 1억 5천만 원+3%, 오늘 계약서 사인하시죠. 그 대신 촬영할 때는 리얼 버라이어티여서 한수혁 씨 맘대로 했다지만, 지금부터는 최대한 협조해 주셔야 합니다. 각종 토크쇼나 예능 출연도 하실 수 있죠?"

"네, 물론입니다. 제가 하는 일이 제 개인사무실에서 일하는 거라서 며칠 전에만 미리 연락 주시면 스케줄 빼놓을 수 있습니다."

한순간에 180도 바뀐 나의 태도에 대해 껄끄러움을 가질 만도 하건만, 국장은 방송계에서 산전수전 다 겪은 사람답게 언제 그랬냐는 듯 바로 스탠스를 바꿨다.

"그래요. 이렇게 삐그덕거렸던 것은 다 잊고, 한 팀으로 생각해봅시다."

처음에는 단순히 내 개인적인 복수를 위해 금전적인 보상을 받으려고 했다. 그런데 시간이 지나면서 점점 복수의 마음가짐이 희석되었고, 어떻게 보면 내 욕망을 채우기 위해 변호사까지 고용했을지도 모르겠다.

분명 나는 살인 누명을 쓴 사흘 동안 이렇게 살아서 뭐 하나 할 만큼 고통스러웠다. 지금은 인생의 3번뿐인 기회 중 1번의 기회가 찾아온 것 같다. 게다가 이번 일로 내 인생이 크게 달라질 줄은 이땐 미처 몰랐다.

한 달이 지났다.

아놔, 대체 입금은 언제 해주는 거야. 계약서 받아왔다고 방심하지 않고 정신과는 꾸준히 다녔다. 나의 연기력은 어느새 정점을 찍고 하락세를 걷고 있었다. 이제는 의사 선생님도 많이 호전돼서 다행이라고 한다.

그리고 SNS에도 꾸준히 힘든 상황을 표현하고 있다. 주변 지인들이 처음에는 걱정해 주다가 지금은 나이 먹고 오춘기 왔냐고 놀린다. 하지만 어쩔 수 없다. 목돈이 달린 일이다.

오늘도 SNS에 글을 하나 올렸다.

[차라리 모든 것을 포기하고 싶었던 그날의 기억, 언제쯤 잊을 수 있으려나.]

이 글과 함께 울분을 토하는 남자의 실루엣 그림을 올렸다.

몇 분 후, 누군가로부터 메시지가 하나 왔다.

[안녕하세요, 한수혁 씨. 역대급 몰래카메라 촬영팀 이장호 PD입니다. 트라우마로 인해 힘들어하시는 것 같아서 죄송하다는 말씀드립니다. 힘내십쇼. 죄송합니다.]

제작진 중에서 죄송하다는 말을 첫 번째로 했다. 나도 답장했다.

[걱정해 주셔서 감사합니다. 덕분에 많이 호전되었습니다.]

방송국에서 본격적으로 홍보활동을 시작하기 전 미팅을 갖자고 나를 불렀다.

미팅룸을 가기 전에 잘 모르는 여자가 내게 말을 걸어왔다.

본인은 역대급 몰래카메라 프로그램의 보조작가라고 한다. 원래 스토리는 살인 현장에서 누명을 쓰고, USB 받아서 다음 날 갖다주기만 하면 끝났다고 한다. 본인이 책임자는 아니지만, 이런 일을 겪게 해서 죄송하다고 한다. 이혼하지 마시고, 아내분이랑 잘 지내셨으면 좋겠다는 말도 했다.

남의 부부관계에 있어 오지랖이긴 했지만, 착한 심성이 돋보이는 대화였다.

감독이 영화 개봉 전에는 TV 토크 예능 〈너 문제〉와 〈카세트 맨〉, 그리고 각종 너튜브에 출연하자고 한다. 알겠다고 했다.

영화 개봉 직후에는 〈무한모험〉에서 몰래카메라 특집을, 〈아는 삼촌〉은 현재 컨택 중, 〈난 둘이 산다〉에서 부부 관찰예능에 출연하자고 한다. 와이프와 현재 사이가 좋지 않은 것은 알지만, 부탁한다고 한다. 알겠다고 했다.

'부부 사이가 점점 좋아지는 모습을 보여주면 시청률이 높아지지 않을까?'라고 잠시 생각해본다. 물론 각종 출연료도 당연히 챙겨준다고 한다.

지금 생각해보면 연예인도 아닌, 일반인인 내가 저렇게 유명한 예능 프로그램에 섭외될 수 있다니, 장승규 국장과 봉태호 감독의 파워가 새삼 대단하다고 느껴졌다. 내가 잘은 모르지만 보통 소속사에서 해주는 역할 아닌가?

복수는 복수고, 인정할 건 인정해야지. 나도 지금을 기회라 생각하고 최선을 다해봐야겠다.

미팅이 끝나고 나오자, 촬영현장에서 봤던 PD 중 한 명인 류진완 PD가 내게 다가왔다.

본인의 다음 작품으로 영화를 한 편 찍을 건데, 함께하지 않겠냐고 물어본다.

"영화를 찍으시는데, 저와 무엇을 함께한다는 건지…"

나는 배우나 연예인이 아니다. 더욱이 방송일도 해본 적이 없기에 스탭으로도 무리가 있을 것이다. 그의 입에서 나온 말은 내 예상을 벗어난 말이었다.

"제가 첫 메가폰을 잡게 되는 영화입니다. 이중인격을 가진 남자가 아내를 건드린 조직에게 복수하는 내용입니다. 기존 유명 배우들 말고 새로운 느낌을 주고 싶어서 고민하고 있었는데, 현상이가 적극 추천했

습니다. 아, 현상이가 봉 감독님 다음으로 한수혁 씨를 가장 많이 모니
터링했을 겁니다."

"죄송합니다만, 저는 연기를 배워본 적이 없습니다."

"음... 바로 쓴다는 건 아닙니다. 오디션 한 번만 보러 와 주실 수 있
을까요? 이번 역대급 몰래카메라에서 한수혁 씨가 했던 진심이 담긴
표현 그대로 똑같이만 하면 대작이 나올 것 같습니다. 연기라고 생각
하면 어려울 거예요. 재현한다고 생각하고 해보시면 될 듯합니다. 아,
그리고 대사는 거의 없어요. 조연으로는 유명 배우님들이 등장할 겁니
다."


주연이지만 대사는 별로 없다? 나는 결국 오디션을 보러 가기로 했다.


\*\*\*


시간이 흘러 드디어 〈내가 현상수배범이라니〉의 제작발표회 날이
왔다. 나는 그동안 준비를 철저히 했다. 내 나름대로 배역들도 다 구해
놨다. 무슨 준비를 철저히 했는지는 기대해도 좋다.

명규가 등장한다면 좋았겠지만, 명규는 제작진들에게 얼굴이 팔려
서 등장하지 못한다. 그렇지만 준비하는 과정에서 큰 도움을 줬다. 그
리고 자광이 형과 같이 친구들과 후배들을 끌어모아 줬다.

명규의 말로는 자광이 형이 직접 컨트롤한다는 거를 말렸다고 한다.
선배 가오 상하게 하면 안 되지 않냐면서 말이다. 그 대신 자광이 형이
발 벗고 후배들을 섭외해 줬다. 내가 직접 행동했다면 이렇게 강력하

게 영향력을 미치진 못했을 것이다. 자광이 형 덕분에 내가 직접 연락할 사이는 아니지만, 한 다리 건너서 아는 사이들도 참여하게 되었다. 불현듯 또 그의 유행어가 생각난다. 항상 자기 사람을 도와줄 때 그가 했던 말이 있지. "사람 자, 빛 광. 그게 바로 나다."

식당에 양해를 구하고 제작발표회 전날 친구들과 후배들을 모아서 리허설을 했다.

현재 식당 영업이 끝난 시간이었고, 내가 기획한 대로 명규가 옆에서 상황을 통제해 주고 있다.

"왐마, 많이도 왔네. 친구님들, 후배님들, 와줘서 고맙다. 오늘 우리가 모인 이유는 수혁이 함 도와주려고 모인 거야. 어렵게 생각하지 말고, 그냥 옛날에 우리 다른 패거리들이랑 싸웠을 때처럼 연기하면 돼. 오케이?"

명규가 우렁차게 소리쳤다.

친구들 몇 명이 "오케이!"를 외치고, 후배들이 "알겠습니다."를 외쳤다.

"돈 얼마 준 됐지?"
"존나 재밌겠네."
"와, 뒤진다. 오랜만에 다들 모이네."
"시벌, 이 인원이면 어디 동네 하나 먹어도 되겠다."

"분위기 살벌하네."

"수혁이 형, 오랜만에 보는데 결혼하고 더 멋져졌네."

애들이 한마디씩 하자, 금세 도떼기시장이 되어버렸다.

"조용히 좀 해봐. 내일 와서 1시간 도와주면 20만 원 입금. 개꿀 아니냐? 개꿀이면 박수 한번 줘라~!"

명규의 말에 따라 애들이 박수와 환호성을 친다. 다들 한 덩치 하는 친구들이 많아서인지 그 모습은 가히 공포스럽기까지 했다.

"일단 이걸 왜 하는 거냐면 얼마 전에 수혁이가 몰래카메라를 된통 당했어. 그래서 복수하고 싶댄다. 아, 우리도 몰래카메라 하는 거니까 진짜 때리면 안 된다. 특히 창수 너 임마. 진짜 때리면 너 폭행죄로 깜빵 가는 거야. 알지?"

"야씨, 내가 돌대가리냐? 사람 진짜 패게?"

"암튼 오늘 1시간만 연습해 보고, 내일 와서 실전하면 돼. 수혁이가 오늘 연습비 3만 원, 내일 실전 17만 원이란다."

명규가 나서준 덕분에 리허설은 원활히 진행되었다. 어렸을 때 자주 보던 친구들도 있었고, 후배들도 있었고, 내가 잘 모르는 사람들도 있었다. 나이를 먹으면서 옛날만큼 자주 보지는 않지만 서로 경조사 정도는 챙겨주고 있다. 내가 필요로 할 때 다들 이렇게 와 주니 고마웠다.

금전적으로 보상을 하더라도 고마운 건 고마운 것이다.

"명규 형님, 입금은 계좌입니까, 현금입니까."

후배 중 하나가 손을 들어 질문한다. 명규가 바로 대답하지 않고 나를 쳐다봤다. 그래서 내가 대답했다.

"왜 이래? 다 아는 사람끼리. 당연히 현금이지."

현금으로 준다고 하자, 결혼을 한 놈들이 비상금 타령하며 좋아했다. 반면 아직 결혼하지 않은 놈들은 별 반응이 없었다.

리허설은 빠르게 진행되었다. 우리가 연기자들도 아니고, 대충 동선만 파악하는 정도였다.

이 중에 능글맞은 애들 몇 명을 전면에 배치하기로 했다. 그리고 마무리도 빠르게 진행했다.

나는 애들이 지루해하거나 지쳐서 집에 가고 싶어 하기 전에 마무리 멘트를 날렸다.

"이 프로젝트가 성공하든 실패하든 모두 너희들 하기 나름이야. 내일은 한번 진지하게 해보고 추억 하나 만들어보자!"

다음 날이 되었다. 제작발표회에서 사전에 준비된 멘트를 잘 말하고 성공리에 끝마쳤다.

현장에 있던 사람들과 함께 식당으로 이동했다.

여기에는 없지만 촬영에 참여한 모든 제작진들도 내가 섭외한 식당으로 모이고 있었다.

각자 배역을 맡았던 배우들도 모두 왔고, 방송국 스탭들도 모두 왔기에 상당히 북적북적했다.

"와~ 오빠, 사람들 다 모이니까 엄청 많다. 이런 상황이 이제야 실감이 나네. 여보, 그동안 고생 많았어!"

"고마워, 다 여보 덕분이지. 그때 이후로 벌써 시간이 이렇게 흘렀네. 하하."

내가 몰래카메라를 당할 때 힘들었던 것이 잊힐 만큼 지금 이 상황과 이곳의 분위기는 나를 들뜨게 했다. 내가 영화배우처럼 제작발표회에서 마이크를 잡을 줄 누가 알았겠는가.

그리고 내가 회식비를 쏜다고 하고 제작진 모두를 소집할 줄 누가 예상이라도 했겠는가.

감회가 참 새롭다.

자리에 앉아서 술이 몇 바퀴 돌자, 분위기가 무르익었다. 감독이 일장 연설을 하고, 대표 스탭들이 마이크를 한 번씩 잡았다. 그리고 마지막으로 나에게 마이크를 건네려고 했다.

"그럼, 오늘의 주인공 한수혁님을 모셔보겠습니다~"

그때였다. 식당 문이 열리더니, 우락부락한 깡패들 수십 명이 식당 안으로 들어왔다.

축제 분위기이던 제작진들에게 일순간 정적이 흘렀다.

식당 안에 쳐들어온 이들 중 손에 각종 무기를 들고 있는 남자들도 있었다.

제작진들 중 아무도 함부로 말을 못 하고, 서로의 눈치만 보고 있었다.

일부 사람들은 생각했다. 요즘 때가 어느 때인데, 조폭들이 활개 치냐고.

지금이 쌍팔년도도 아니고, 폭력배들이 어디를 설치냐고.

그리고 일부 사람들은 생각했다. 저 사람들이 우리한테 볼일이 있을 리가 없는데 무슨 일일까?

그때 스탭 중 한 명이 일어나면서 호기롭게 외쳤다.

"당신들 뭐야?"

그러자 맨 앞에 있던 깡패 두 명이 그 남자의 멱살을 잡고 끌고 가더니, 야구방망이로 무자비하게 때렸다.

"이 새끼가 날 언제 봤다고 반말이야?"

퍽퍽퍽퍽퍽.

그 모습을 보면서 아무도 다른 행동을 하지 못하고, 얼어 붙어버렸다. 무자비하게 맞은 남자 스탭은 질질 끌려서 벽면에 옮겨졌다. 그는 나에게 메시지로 사과했던 남자 스탭이다.

영문도 모른 채 다들 먹던 것을 멈추고 공포 분위기에 휩싸여 있을 때, 인상이 제일 더러운 이가 한마디 했다.

"이놈들 봐라? 우리 얘기로 영화를 찍어 놓고 속 편하게 고기나 처먹고 있네?"

본인들 얘기라면...? 영화에 등장하는 사람을 죽이고 남에게 뒤집어 씌우는 사람들이 본인들이라는 것인가? 여기서 회식 중인 사람들 가운데 그 조직을 모르는 이는 없었다.

"어떤 놈이 의도적으로 우리 조직을 들춰냈냐? 너냐?"

방망이로 한 사람을 지목하면서 말했다. 그는 놀란 토끼 눈으로 고개를 도리도리 저었다.

"아니요. 아니요. 무슨 말인지 모르겠습니다."

분위기가 한순간에 싸늘해졌다. 대체 이러는 영문을 알 수가 없었다. 그럼에도 제작진들은 차마 입 밖으로 말을 내뱉지 못하고, 서로 눈빛 교환만을 할 뿐이었다. 깡패 중 한 명의 다음 한마디에 심장이 얼어붙을 뻔했다.

"흐음, 이거 접자. 접으면 모두 살려는 줄게. 영화 개봉하면 우리가 상당히 곤란하거든."

그러자 감독이 대답했다.

"안 됩니다. 그러면 저희 모두 망합니다."
"그래? 접으면 살려주려고는 했는데... 이걸 어쩌나?"

다른 스탭들이 조금이라도 움직이면, 깡패들이 각자 무기를 흔들며 가만히 있으라고 협박했다.
점점 분위기에 압도되어 어떻게 할 수 있는 상황이 아니게 된 것이다.

엄청난 덩치와 인상 더러운 표정으로 좌중을 훑어보던 그가 나를 콕 집어서 말했다.
"어이, 너. 보니까 아주 웃기더라? 크으... 가족을 사랑하는 눈물겨운 남자의 사연."
"이 새끼들이..."

내가 자리에서 일어나려고 하자, 아내가 나를 말렸다.

"여보, 나서지 말고 가만히 있어."

일어나고 있는 내 손을 잡은 아내로 인해 엉거주춤한 자세가 되자, 앞에 있던 인상 더러운 깡패가 나를 불렀다.

"왜? 나와봐, 새꺄. 야, 저 새끼 끌고 와."

그 녀석이 나와 가까운 깡패에게 나를 끌고 오라고 시키자, 내게 다가오는 깡패 한 명.

나는 일어나면서 오른손으로 스트레이트를 날렸다. 그러자 상대편은 그 주먹을 뒤로 한 발 물러나 피하면서 야구방망이를 내게 휘둘렀다. 급하게 왼손으로 막고, 오른발로 상대방의 허리를 향해 돌려찼다.

비어 있는 곳을 향해 찼다고 생각했는데, 팔꿈치로 막아냈다. 아마도 남들 눈에는 싸움 좀 하는 놈들이라고 보일 것이다.

야구방망이를 위에서 아래로 내리찍길래 나는 살짝 옆으로 몸을 틀어서 피했다.

그리고 왼손으로 잽과 오른손으로 스트레이트, 다시 왼손으로 보디 훅으로 이어지는 원투 훅을 날렸다. 상대방은 얼굴에 가드를 올려 방어하였지만, 내가 날린 보디 훅은 막지 못했다. "헉!" 하는 숨소리를 내며 상체를 수그렸다. 연이어 격투게임의 한 장면처럼 내려찍기를 하려고 내 발을 하늘 위로 들어 올렸다.

캉.

그 순간 옆에 있던 놈이 방망이로 내 뒤통수를 후려쳤다.
"퍽!" 소리와 함께 나의 몸이 허물어지고, 엄청난 구타를 당했다.

이 장면에서 한수혁의 아내 채온유는 눈치를 챘다. 조폭들 중에 몇 명이 눈에 매우 익숙한 사람들이었던 것이다. 남편 친구들도 몇 명 보이고, 잘 따르는 후배들도 눈에 들어왔다. 그래서 가만히 있었다.

"역시 보는 눈은 틀리지 않군. 이 새끼 싸움 좀 하네. 일단 저쪽에 치워 놔 봐."

그의 지시에 따라 다른 깡패가 나를 질질 끌어 옮겨 놓자, 다시 말을 이어나갔다.
쓰러진 내가 끌려가는 것을 본 인기스타 작가 김민희 작가가 울음을 터뜨렸다.

"흐흑, 흑."

"내가 너네 지켜보니까, 일하는 방식이 아주 재밌더라고. 내 스타일이야. 자, 여기서 우리랑 같이 일해 볼 사람 손들어 봐. 돈은 지금 너네

연봉보다 훨씬 더 줄게. 그리고 야, 울지 말고 조용해 봐. 돈도 주고, 살려도 주고 할 테니까. 선착순 5명만 손들고 나와 봐."

이 말이 끝나자마자, 서글서글한 인상의 스탭 한 명이 손을 들고 나왔다.

"저요."

"오, 좋아. 1등으로 나왔으니까, 앞으로 우리 조직 기획팀 팀장이다. 자, 앞으로 4명."

서로 눈치만 보고 있는 상황이 왔다. 그때 감독이 다시 나섰다.

"제발, 이러지 마십쇼. 돈 때문에 그러신 거면 저희가 최대한 드려보겠습니다. 영화가 개봉이 안 되면 저희는 다 망합니다."

"아니, 아저씨, 나도 돈 많아. 돈은 내가 준대니까? 우리도 살인청부 하나당 몇 억씩 받는다고. 하하. 근데 증거 조작하는 게 너네 영화에 고스란히 나오네? 시발? 이러면 우리 정체가 까발려지잖아."

"그런 억지가... 영화 초반에 이 영화는 실제 단체나 시설에 상관이 없다고 쓰고, 픽션이라고 쓰니까 아무도 모를 겁니다."

사실 맞는 말이다. 국정원 이야기를 영화에서 썼다고 해도, 시청자들은 단순히 허구라고 생각하기 마련이다.

그렇지만 오늘 그런 상식은 통하지 않는다.

깡패가 방망이로 테이블을 내려치며 말했다.

"한마디만 더 꺼내면, 너부터 뒈진다."

분위기가 무르익었다. 뒤에서 조만간 결혼하는 내 후배 한철이가 슬 렁슬렁 걸어 나온다.

"어이, 여기 대빵 누구야? 당신이 여기 대빵이야?"

누가 봐도 불량스럽게 턱짓으로 가리키며 말하는 한철이다. 목소리 톤도 아주 완벽하다.

그 말이 끝나자, 봉태호 감독은 우물쭈물하고 있고, 제작진 측에서 는 서로 눈치를 보다가 눈빛이 한 명으로 향했다.

"아이씨, 대빵 누구냐고. 확 다 조지기 전에, 확 마."

뒤에서 조용히 있던 장승규 국장이 자신에게 꽂히는 시선들을 무시 하지 못하고 헛기침을 하며 슬금슬금 나온다.

"나요."

바짝 얼어있는 장승규 국장을 향해 한철이가 걸어가서 살며시 어깨 를 감싸고 자기들 진영으로 데리고 간다. 남들은 안 들리게 하려고 조 용히 말하는 듯하지만, 은근히 다 들렸다.

"워워, 걱정하지 마. 제일 높은 사람이랑 대화를 해보려고 하는 거니 까. 대.화. 말이야."

수십 명의 깡패들에게 둘러싸이자, 국장은 표정이 급격하게 어두워 졌고 대답도 제대로 못 했다.


한철이 녀석. 연기 진짜 잘하네. 현역이라 그런가? 한철이가 다시금 입을 열었다.

"또 책임자 누구야? 아까 나대던 아저씨인가?"

제작진 측을 향해 말을 했지만, 바로 들려온 대답은 한철이의 뒤에 있던 국장이었다.

"그렇다네, 감독이라네."

"국장님, 그게 무슨 소리십니까. 책임자는 국장님이죠."

"봉태호 감독, 지금 이 상황에서 나 혼자 어떻게 하라는 건가."

"제가 결정권이 어디 있다고 그러십니까?"

갑자기 짧은 설전을 벌이는 국장과 감독이었다. 그렇다. 이들도 이 상황에 온전히 몰입을 한 것이다. 예전의 나처럼 말이다. 나도 모르게 웃음이 나왔지만, 다행스럽게도 내가 누워있기에 아무에게도 들키지 않았다. 아! 이제 다시 내가 나설 차례구나. 나는 번쩍 일어나 달려가서 한철이를 냅다 밀었다. 한철이는 그대로 수웅 날아가서 비어 있는 테이블과 의자를 넘어뜨리며 쓰러졌다.

"야이 미친놈들아! 국장님과 감독님은 건들지 마라."

한마디를 한 순간, 수많은 야구방망이와 각목들이 내 눈을 다 가릴 정도로 날아왔다.

아무리 소품이라고 하지만, 한두 개도 아니고 여러 명에게 몽둥이질을 당하니 눈앞이 캄캄해지고 핑 돌았다.

퍽퍽퍽퍽퍽.

에라이, 기절한 척해야겠다.

퍽퍽퍽퍽퍽.

아놔, 이놈들이. 기절한 사람을 왜 이렇게 아직도 패는 거냐.

퍽퍽퍽퍽퍽.

옛날에 나한테 쌓인 게 있었나? 아, 이 새끼들이 지금 재밌어서 그러
는구나.

그렇게 나는 기절한 척을 한 뒤에도 한동안 몰매를 맞았다. 이 사실
을 모르는 제작진들은 이 잔인한 상황에 어찌할 바를 모르고 침만 꼴깍
삼킬 뿐이었다. 여기 있는 사람들 대다수가 살면서 이런 일을 처음 겪
어보기에 아무도 나설 수가 없었다. 엄두조차 나지 않았다.

국장과 감독은 깡패들 무리에 섞여서 대화를 나누고 있었고, 한철이
는 또다시 누군가를 불렀다.
"거기 제일 질질 짜고 있는 아줌마. 일루 와 봐."
"네? 저요? 흑흑. 살려주세요."
"시키는 대로 하나만 하면 살려줄게. 아줌마 이름은 이제부터 말자
야. 이름이 뭐라고?"
"말자요. 흑흑."

"좋았어. 내가 이름이 뭐라고? 하면 요자 붙이지 말고 이름만 대답하면 돼. 이름이 뭐라고?"

"말자예요."

"아뇨, 이름만 대답하라고, 다시 이름이 뭐라고?"

"말자."

"좋았어, 기다려."


이 와중에 다른 편에서는 계속 같이 일할 선착순 5명을 구하고 있었다.

아까 말했을 때, 바로 나온 1명 이외에 남자 2명과 여자 1명이 추가로 나왔다. 아까 모집한다던 5명 중 4명의 스탭이 깡패들의 무리에 합류를 한 것이다.


"야, 한 명 더 없어? 한 명만 더 나와 봐."

아무도 나오지 않자, 억지로 맨 앞에 앉아 있던 스탭을 불렀다. 총 5명이 깡패들 앞에 서 있었다. 스탭 5명의 손에 무언가를 쥐여주었다.

그 모습을 본 다른 제작진들은 배신이라도 당한 기분을 느끼고 있었다. 국장과 감독이 한철이와 수치스럽게 협상을 하고 있고, 처음에 호기롭게 나선 스탭과 영화의 주연 한수혁은 얻어 맞고 쓰러져 있다. 그런데 지 목숨 살자고 배신을 해?

국장과 감독이 대화가 끝났는지 깡패 무리와 제작진들 사이에 서 있다. 한쪽에서는 김민희 작가가 계속 "말자! "말자!" 하고 있고, 저건 또 뭐 하는 짓인지 모르겠다.

지금 이 상황을 주도하고 있는 한철이가 국장과 감독에게 말한다.

"국장님과 감독님, 아까 시킨 대로 말합니다. 하나에 앉고, 둘에 일어나면서 말합니다. 실시."

그러자 국장과 감독이 어깨동무를 하고 앉았다가 일어나면서 말을 했다.

"갓사고람놀을지."
"이름이 뭐라고?"
"말자!"

이게 뭐지. 웬 개떡 같은 소리야.

"아니, 말 겹치지 않게 한 명씩, 한 명씩 말합니다. 다시 국장님부터."

그 말에 맞춰 이 프로젝트의 주요인물 세 명이 서로 타이밍을 맞춰서 말한다.

"사람을."
"갖고 놀지."
"이름이 뭐라고?" "말자!"

"좋습니다. 한 번 더 합니다!"

"사람을." "갖고 놀지." "말자."

저게 무슨 소리란 말인가.

국장은 앉았다 일어나며 "사람을"이라고 외치고 있고,

감독은 앉았다 일어나며 "갖고 놀지"라고 외치고 있고,

작가는 긴장한 채로 바짝 서서 고개를 높이며 "말자"라고 악을 쓰고 있다.

아직 패닉 상태에 빠져 무슨 말인지 쉽게 이해하지 못하는 제작진들을 향해 아까 나왔던 선착순 5명이 서있다. 한철이가 무슨 조교처럼 다시 외친다.

"자, 다들 제작진을 향해 뒤를 돈다. 실시."

합류한다고 했던 스탭 5명이 깡패들과 제작진 사이에 나란히 서서 제작진을 바라보게 되었다.

"손에 있는 것 모두 폅니다. 실시."

손에 꾸겨진 헝겊들을 펴보자, 하나의 글씨가 나타났다. 차례대로 읽어봤다.

몰래카메라

카. 래. 몰. 메. 라

제작진 중 한 명이 따라 읽었다. "카래몰메라?"

"으잉? 거기 첫 번째와 세 번째 자리 바꿉니다."

"몰래카메라."
"몰래카메라?"

5초 정도 정적으로 고요 속에 파묻히더니, 일순간 분위기가 전환된다. 수십 명의 사람들이 소리를 치고, 환호성, 야유 등등이 섞어져 나온다.

"아 뭐야. 진짜 무서웠잖아."
"어떻게 이럴 수가 있어? 누구 짓이야?"

한순간에 혼비백산 된 분위기가 되었다. 누구는 안도의 한숨을 쉬고, 누구는 재밌다고 큰소리로 웃고, 누구는 속았음에 분노하고, 누구는 긴장이 풀리자 멍해 있었다. 이 중 몇 명은 눈물까지 흘렸다.

이렇게 나의 복수는 성공적으로 끝이 났다. 이제 내가 나설 차례다. 바닥에 널브러져 있던 내가 일어났다.

"여러분, 직접 당해보니 어떠십니까. 저는 살인 누명에, 현상수배에, 조직에게 살해 위협까지 받았습니다. 저에 비하면 맛보기이지만, 많이들 놀라셨을 거라 생각합니다. 죄송합니다. 그리고 모두 고생하셨습니다."

짝짝짝짝.

내가 한마디 하자, 내가 섭외한 친구들과 후배들이 박수를 치며 제작진들에게 사과한다.

"놀라게 해서 죄송합니다."
"고생하셨습니다."
"죄송합니다."
"아까 소리쳐서 죄송합니다."

그리고 나는 나처럼 누워있던 스탭을 일으켜주며 감사를 표했다.
나는 내게 먼저 손을 내밀어 준 3명에게 미리 언질을 줬다.
최초에 SNS로 내게 사과의 말을 건넨 촬영팀 이장호 PD가 이 식당에 카메라와 마이크 세팅하는 것을 도와줬다. 그리고 아까 깡패들이 회유할 때 첫 번째로 나와주었다.
두 번째로 내게 사과했던 여자 보조작가는 얘기를 들어보더니, 엮이고 싶지 않다고 해서 회식을 하다가 몰래카메라가 시작되기 전 먼저 자리를 떠나게 되었다.
세 번째로 내게 오디션을 제안했던 류진완 PD는 방금 내 옆에 누워 있던 스탭이다.
특히 내게 처음 사과했던 이장호 PD와 오디션을 제안한 류진완 PD에게는 정말 좋은 감정이 생겼다.

어느 정도 상황이 진정되자, 나는 이벤트를 시작했다.

"입장하실 때 숫자가 적힌 종이 한 장씩 받으셨죠? 지금부터 상품 뽑기를 시작하겠습니다! 진행은 제 아내 채온유 양이 해주세요."

내 아내는 이런 상황에서도 당황하지 않고, 대본과 마이크를 받아 쥤다.

"여러분, 저도 당했어요! 제 남편이 맞아서 쓰러졌을 때는 저도 세상이 무너지는 줄 알았어요. 처음에 남편에게 몰래카메라를 했던 저를 반성했답니다. 중간에 남편 친구분들의 얼굴이 보여서 눈치채긴 했지만... 여러분들은 엄청 놀라셨을 거예요. 어머, 제가 지금 뽑기 경품 내용을 보니 여기 계신 모두가 다 상품을 받으실 수 있네요. 경품 중에 세탁기, 냉장고, 공기청정기 등등도 있고, 최소 경품이 50만 원이라는데요? 잠깐만, 여보? 끝나고 나랑 얘기 좀 하자?"

삭막했던 분위기를 한순간에 풀어주는 것에 성공했다. 역시 내 아내는 대단하다.

이로써 상금의 절반을 복수하는 것에 썼다. 복수도 성공하고, 나와 함께 촬영하고 편집하느라 고생한 제작진들에게 되돌아갈 수 있도록 이벤트도 준비했다.

후에 이 영상은 너튜브에서 대박을 터뜨리게 된다. 제목은 이렇다.

[나를 몰래카메라 한 제작진들에게 역몰카, 복수 성공함.]

이후로 나는 밤잠을 설치는 일이 없어졌다. 후... 이제야 살 것 같다.

"꼭 이렇게까지 했어야 됐어?"
집에 가는 길에 아내가 나에게 따졌다.

"여보, 군자보구 십년불만이라는 말이 있어."
"군자도 십 년 동안 불만을 갖는다고?"
"응, 군자도 그렇다니까? 하하하. '군자의 복수는 10년이 걸려도 늦지 않다.'라는 말이야. 어? 그러네? 군자도 그 불만을 10년이나 품으니까, 오래 걸려도 복수를 하겠지?"
"그런데 너무 과한 것 같아서..."
"그때 당시에 나는 어땠을까. 여보랑 서연이 때문에 이 악물고 버텼는데, 버티다 버티다 못해서 '다 포기하고 자수할까.'라는 생각도 했어. 내가 감옥에 간다는 거를 상상해 봤어?"
"해봤어. 미안... 잘했어. 여보. 사실 내가 더 미안해."
"응, 온유야. 영화 개봉하고 영화 초반부를 보면 내 심정을 다시 더 이해할 수 있을 거야."
"지금도 이해해. 우리 앞으로는 서로 절대 속이지 말자!"
"그러자!"

제11장

반려자

머칠 뒤 혁이유커플 너튜브에서 자체 예고편이 나왔다.

"안녕하세요. 온유예요~! 이번에 나올 영화 신작에 저와 제 남편 혁이가 나온답니다!!! 와아~"

영상은 내 아내가 혼자 출연하여 영화 〈내가 현상수배범이라니〉를 소개하는 내용이다.

"사실 용기 있는 남편을 모집한다는 공고를 보고, 제가 신청했어요... 스케일이 이렇게 클 줄 몰랐거든요. 무려 제작비만 50억을 썼다네요?! 여기서 제 남편 혁이가 주연으로 나오게 되었어요! 와아~"

그리고 영화리뷰 너튜버처럼 영화를 소개했다.

영화 개봉 후, 우리 너튜브의 자체 예고편 영상은 폭발적인 댓글 반응과 함께 구독자가 급상승했다.

그동안 우리의 행복한 결혼 생활만을 담았을 때는 1,000명을 넘지 않았던 채널이었는데, 순식간에 30만 명이 되었다.

또한 영화 수익이 우리 모두의 예상을 뛰어넘었다. 500만 명이 넘는 관객을 달성한 것이다.

이에 따라 나는 상금 1억, 출연료 1억 5천, 러닝 개런티 약 3억 원을 정산받게 되었다.

복수에 의한 역몰카에서 약 5천만 원을 소비한 것을 빼면 5억 정도를 번 것이다.

그렇다! 이것이 내가 생각했던 복수의 진정한 성공이다.

나는 협상을 통해 물질적으로도, 몰카를 통해 정신적으로도 복수에 성공했다.

어릴 적처럼 주먹으로 몇 대 때려서 복수에 성공했다고 하는 작은 복수가 아닌 것이다.


그리고 내게 오디션을 제안했던 류진완 PD와 내게 제일 먼저 사과했던 이장호 PD와는 당분간 한솥밥을 먹게 되었다.

류진완 감독이 새로 메가폰을 잡은 영화 〈이중인격자의 복수〉에서 이장호 PD가 카메라 감독이 되었다. 나는 주연배우로 오디션에 합격했다. 출연료는 조연 배우들보다 적은 주연배우가 되었다. 하지만 불만은 없다. 조연 배우들은 다들 유명하신 분들이었으니까. 이번 몰래카메라에서 내가 느꼈던 감정과 분노를 그대로 다시 표출하기만 했는데, 모두들 내 연기가 장난이 아니라고 한다.

정신과에 다니면서 했던 내 연기가 빛을 발하는 순간이었다. 이렇게 또 다른 인생이 시작되었다.

\* \* \*

막이 오른다. 영화가 시작했다.

다양한 아내들이 출연하여 본인의 남편 이야기를 했다.

"제 남편은 어릴 적에 학교 짱이었대요."

"저희 오빠는 이종격투기 선수였어요."

"우리 자기는 음... 항상 남자답고, 겁이 없다고 해야 하나? 그런 와일드한 모습에 제가 빠졌죠."

"제 남편은 학창시절에 어디 연합? 아무튼 자기 말로는 좀 놀았대요."

"제 남편이요? 중·고등학교 때 싸움 나면 한 번도 안 졌다던데요. 그리고 의대에 가서는 찌질이들만 있어서 대학생활 재미없었대요. 호호."

(화면 전환 효과)

두둥! 쎈 척하는 남편들 다 모여라.

사상 초유 역대급 몰래카메라가 시작된다.
제작비 50억 초대박 스케일!


(화면 전환 효과)


"그럼 혹시 지금은 뭐 하세요?"


"지금은 평범한 회사원이에요."
"외제차 딜러예요."
"연구원이에요. 요즘 바쁘다고 집에 맨날 늦게 들어와요."
"돈가스집 사장이요. 남편이 요리하고 제가 홀 보고."
"의사입니다."


"우리 오빠는 지금 어디 식구래요."
"네? 죄송하지만 현역이신 분은 안 받습니다."


(화면 전환 효과)


"맨날 남자가, 남자가, 남자는! 그놈의 맨날 남자가!"
"오늘 애기 병원 갔다 왔는데, 밥 안 차려 놨다고 소리를 지르더라고
요?!"
"딴 건 다 좋은데, 옛날얘기 좀 안 했으면 좋겠어요."
"여자라서 때릴 수가 없다고? 하, 참. 그럼, 언젠가 한 번 때리겠네?

싸울 때마다 그런 소리를 하더라니까요?"

"집에 오면 아무것도 안 해요. 아! 쓰레기 딱 하나 버려주는 것 갖고 생색은... 뭐라 했더라? 내 손에 더러운 거 안 만지게 하지 않냐고?! 니 양말이나 빨래통에 잘 넣어라!"

이런 남편들에게 골탕 먹이기 위해 아내들이 모였습니다.
소정의 출연료를 받는 줄로만 알고 모인 아내들.
앞으로 무슨 일이 벌어지는지는 아내들에게도 말하지 않았습니다.
또한 몰래카메라 당일까지 절대 비밀로 하라고 당부했습니다.

(화면 전환 효과)

사실 몰래카메라의 끝에는 1억 원이 기다리고 있다.
모든 시련을 이겨내고 1억 원의 주인공이 될 남편은 과연 누가 될 것인가.

(화면 전환 효과)

"으아악. 살려줘. 뭐야. 이거. 으어엉."
남편 중 한 명이 시체를 보고 놀라며 엉덩방아를 찧는다.

"안 그래도 신고하려고 했습니다. 저희 식당에 누가 죽어 있더라고요. 네? 아니에요. 저 범인 아니에요!"

남편 중 한 명이 경찰에 끌려가고 있다.

"와, 시발. 너 어디 식구냐? 너 강상범 알아? 내 친군데... 아악. 야, 잠만, 팔 꺾였어. 아,아, 죄송합니다. 잠시만요. 부러진다고! 아, 이거 드리겠습니다. 죄송합니다."
남편 중 한 명이 조직원에게 항복하고 있다.

"여보세요. 경찰서죠? 제가 지금 살인 누명을 쓴 상태인데요."
남편 중 한 명이 경찰서에 신고하고 있다.

(화면 전환 효과)

"제 남편이요? 잘 모르겠어요. 어렸을 적 얘기를 잘 안 해서... 근데 친구들이나 선후배들 보면 다들 무섭게 생겼어요. 몇 명은 문신도 있고... 결혼식 때도 가관이었어요."

"지금 뭐 하냐고요? 개인사무실 차려서 보험업에 종사하고 있어요. 돈은 그때그때 다르지만, 못 벌지는 않아요."

"아, 특이사항이요? 2년 전부터 갑자기 운동을 다시 시작했어요. 이상하게 왼쪽 심장이 뻐근하다고 하더니, 운동하고부터는 다시 좋아졌다고 하더라고요. 월요일, 금요일은 퇴근하고 태권도장에 가고요. 수요일은 어렸을 때 다녔던 복싱 체육관에 간다고 하네요. 처음에는 연애 때 못 보던 모습이라 신선하고 멋있었어요."

"아니요. 평소에 온순하고, 화도 별로 안 내고, 어디 가서 항상 착하다는 소리를 많이 들어서 사실 성공할 수 있을 것 같진 않아요. 호호. 그냥 재밌을 것 같아서요."

(화면 전환 효과)

영화의 프롤로그가 끝이 나고, 한수혁의 이야기가 시작된다.

\* \* \*

영화가 끝난 후 극장의 불이 커지자, 검정색 정장을 입은 열댓 명의 사내들이 우르르 일어났다.
"이거 완전 우리 얘기잖아? 영화 재밌네."

# 에필로그

영화개봉일로부터 벌써 1년이 지났다.

살인누명이라는 내 일생일대 최고의 시련은 나에게 최고의 기회를 가져다 줬다.

그러나 준비되지 않은 기회는 곧 나에게 위기로 다가왔다.


"컷!"

"수고하셨습니다~"

"와~ 우리 한수혁 배우님 연기 실력 많이 늘었네~"


이번 작품 감독은 나에게 연기 실력이 많이 늘었다고 말했지만 실상은 대사가 몇 마디 없다.

그렇다. 1년 전 우연히 운 좋게 반짝스타가 된 나는 대중들에게 금방 내 본모습이 들통났다.

첫번째 작품 '내가 현상수배범이라니', 두번째 작품 '이중인격자의 복수'.

이 두 작품으로 인해 떠오르는 신성으로 주목을 받으며, 심지어 신인상도 받았다.

뒤늦게 30대에 데뷔한 배우로써, 기적과도 같은 결과를 얻어낸 것이다.

모 언론을 통해 "연기 잘하는 요즘 대세 배우 1위"도 차지했던 나는...

멜로 연기와 생활 연기를 하는 작품들을 만나면서 욕을 엄청 먹었다. 하하.

연기의 "연"자도 모르던 나이기에 수많은 악플을 받으며, 절치부심하고 뒤늦게 연기공부와 노력을 많이 하였다.

이렇게 전고점을 찍은 다음 하락세를 걷고 있는 나와는 다르게 놀랍게도 완만하게 우상향을 향해 가는 친구가 있었다. 내가 현상수배범이라니'에 출연한 인물들 중에서 말이다.

이렇게 될 거라고 아무도 예측하지 못했다. 작 중에서 실제로 나를 도와줬던 내 친구 김명규가 너튜브를 시작하더니 구독자가 계속해서 늘고 있다.

"왐마 수혁아, 너 때문에 얼굴 팔려서 이제 수금하러 못 돌아다니겠다."

한마디를 하더니, 현장은 동생들에게 맡기고 본인은 갑자기 인터넷 방송을 시작한 것이다.

"와따, 형님들 감사합니다. 동생들 고맙소! 내일은 악마클럽 뿌시러 갑니다! 거기 챔피언 누구냐?암튼 걔가 왼손이 좋아 왼손이. 그리고 빨라. 어. 빠르지. 근데 내가 또 보니까 빠른데 가벼워. 맞아? 안 맞아? 어? 다들 알다시피 내가 맷집 하나는 기가 막히거덩? 몇대 맞아주고 큰 거 한방 팍팍! 하면 끝이다 이거야. 아, 암튼 오늘은 여기까지 하고 내일 보자고들~ 구독과 좋아요 부탁!"

소위 말하는 건달 방송? 이라고 해야 하나. 여기저기 어그로도 많이 끌고, 무반칙 격투에도 가끔 참여하더니 지금은 어느정도 매니아층이 형성되어 있다.

맞다. 옛날부터 야부리 터는 것 하나는... 정정하겠다. 입담 하나는 기가 막힌 친구였다.


-그럼 지금까지 제일 쎈 사람은 누구임?-
"왐마, 흠... 말해도 되나 이 사람을... 신자광이라고 나보다 하나 위에 선배 있어. 나랑은 거의 어렸을 때부터 부랄형님인데 말이야. 잠깐 잠깐, 이거 녹화본에서는 잘라줘. 이 얘기는 여기까지만."


아, 사무실도 옮겼다. 오피스텔에서 1층 상가로 오며 월세도 껑충 뛰었지만, 다행히 문제 없이 잘 굴러가고 있다.

보험업을 한지도 어느덧 11년차가 되었다.

내 본업을 평생 갖고 가는 것이 나와의 약속이자, 나를 신뢰해준 고객들과의 약속이다.

이제 내 부업이자 부캐가 된 배우라는 직업이 있기에 사무실에 직원을 뽑아서 기존 고객 관리를 하고 있다.

촬영 스케줄이 없는 날은 항상 사무실에 나와 있는다. 오늘도 어김없이 사무실에서 전산을 보고 있자니, 나를 도와줬던 두문동 변호사가 찾아왔다.

"아~ 형, 사무실에 이렇게 자주 안 계실거면 저랑 사무실 합치자니까요~"

"흠... 진지하게 한번 생각 좀 해볼게."

내가 그를 부르던 호칭은 "두문동 변호사님"에서 어느샌가 "문동아"가 되었다. 내 사건을 해결해 준 후로 자주 왕래하며 저번 달에는 문동이 결혼식에서 사회도 봐주었다. 문동이가 올 때마다 하는 소리가 있다.

"형! 이번에 형 기사 봤어요? 얘네들 정보통신망법위반으로 싹 다 처리할까요? 확 그냥?"

"워워, 진정해. 새로운 것을 하려면 감수해야지."

"와, 이거 봐. 이렇게 착하신 분이, 정말 나 없었으면 1년 전에 방송사에서 돈 하나도 못 받았았겠네."

"그 건은 항상 고맙게 생각해. 하하. 아무튼 댓글로 욕한 애들한테 대응할 시간에 내가 더 공부를 해야지. 욕 안 먹으려면 하하하."

새롭게 시작하는 것에는 당연히 시행착오가 있기 마련이다. 나의 노력을 대중들이 알아주었을까? 요즘은 댓글 중에 간간히 내 칭찬이 보인다.

퇴근하고 집에 가면 항상 내 아내 온유와 내 딸 서연이가 나를 반겨주었는데, 최근 바뀐 점이 있다. 바로 온유와 로얄이가 함께 나를 반겨준다는 것이다. 로얄이는 우리 둘째 아들의 태명이다. 만삭이 가까워지니 온유는 벌써부터 동생을 의식하는 것인지 갑자기 엄마 껌딱지가되었다. 원래는 밤에 나랑 잘 때도 있었는데, 요즘은 엄마만 찾는다. 잠도 엄마랑, 화장실도 엄마랑, 밥도 엄마랑, 하이고... 애기가 낳기 전부터 벌써 난관에 봉착했다.

와이프도 임신한 몸으로 계속 그 응석을 받아 주자니 힘들어 하고, 나 역시 내가 해주던 것들을 거부하고 계속 엄마만 찾으니 같이 스트레스를 받는다.

그렇지만 우리 가족은 또 잘 극복할 것이다. 일단 와이프의 오늘의 할 말부터 들어줘야겠다.

"여보, 그래서 있잖아. 가희맘이 나한테 그러는거야. 언니는 유니콘남편 둬서 좋겠다고. 그래서 내가 그랬지. 옛날에는 안 그랬어. 처음 만났을 때는 거의 개인주의자였어. 이게 다 내 노력의 산물인거야. 그랬더니 안 믿는 거 있지? 내가 별스타에 남편 포장을 너무 잘해놨어. 여보는 좋겠다. 내 덕분에 백점짜리 남편으로 알려져서~"

매일 말해도 어찌나 할말이 이렇게 많은지, 그 모습이 너무 귀엽다. 날이 갈수록 귀엽다.

아내 말에 집중을 안하면 혼나기에 열심히 듣고 있는데, 서연이가 왔다.

"엄마, 쉬 마려."

하루종일 아이를 보느라 힘들었던 아내를 위해 내가 냉큼 뛰어갔다.

"아빠랑 가자. 쉬야를 하러 가요. 아빠랑~"

"싫어. 엄마랑 갈거야."

"아빠가 집에 왔으니까, 아빠랑 가자~"

"싫어. 싫어. 으아아앙."

"아이고, 알았어. 알았어."


나를 더 좋아하던 딸이 어쩌다 이렇게 되었는지... 지금은 밤이라 졸린 기운도 있기 때문에 더 징징대는 것 같다. 내일 아침에 다시 한번 정신교육을 시켜야겠다. 예전에도 엄마 껌딱지 시절에 잘 통했던 정신교육이다. "아빠가 있을 때는! 아빠랑!"을 다시 주입시켜야 할 시기가 왔다.


세 가족에서 네 가족이 된다고 생각하니 숫자가 더 안정감 있고, 더 풍성하게 느껴진다.

내가 20대까지 느꼈던 시간의 체감에 비해 거의 4~5배는 빠른 것 같다.

하루하루를 열심히 살고 있노라면 어느 새 눈 떠보면 어느새 말일이 되어 아내에게 월수입을 입금하는 날이다.

몸도 마음도 힘들고 바쁘지만, 난 지금 행복하다.

***

"내가 현상수배범이라니"는 요즘 케이블채널이나 VOD를 통해 방송되고 있다.

어느 사무실에서 검정색 정장을 입은 남자가 주변에 있는 남자들을 불러모으고 있다.

풍기는 분위기에 비해 그들은 모두 생각보다 젊었다.

"야, 다 와봐. 저거 봐봐라."

그들의 리더의 말에 모두 군말없이 영화를 시청했다.

영화가 끝난 후 사무실의 불이 켜지자, 검정색 정장을 입은 열댓명의 사내들이 우르르 일어났다.

"이거 완전 우리 얘기잖아? 영화 재밌네."

"그러게, 신기하다."

"이거 실화래매?"

"와~ 실화임? 찐실화?"

열댓명의 사내들을 말 한마디에 앉게 했던 남자는 그냥 우스갯소리로 넘어갈 생각이 없었다.

"영화에 나왔던 애 신상 좀 따와봐."

그는 그냥 그러고 싶은 기분이 들었다.

# 작가의 말

안녕하십니까, 담호랑 입니다.

제 소설을 끝까지 읽어주셔서 감사합니다.

어릴 적 꿈이었던 소설가로서 이제야 첫 발을 내딛게 되었습니다.

두 아이의 아빠가 된 지금 너무 늦은 건 아닌가 하는 생각이 한편에서 들었지만, 더 늦기 전에 지금이라도 나아가보고자 합니다.

저의 발걸음에 힘을 실어준 제 아내 오은주가 있었기 때문에 소설이 세상 밖으로 나올 수 있었습니다. 두 아이를 잘 키우면서도 항상 제게 에너지를 주는 대단한 여자입니다.

그리고 제 이야기를 알아봐 주신 프로방스 조현수 대표님께 감사드립니다.

책을 만드는 과정을 도와주신 조영재 이사님께 감사드립니다.

끝으로 저를 항상 응원해주시는 이준호 지점장님께도 감사드립니다.

요즘 온라인 영상이나 SNS를 보다 보면, 자극적인 몰래카메라들을 많이 보게 됩니다.

짜고 만드는 소위 주작 영상, 또는 보는 사람을 불편하게 만드는 몰래카메라를 컨텐츠로 생산되는 영상물이 많습니다.

그런 현상을 약간의 풍자와 함께 흥미진진한 스토리로 만들어보고자 노력했습니다.

다음에 또 재미있는 이야기로 찾아 뵙겠습니다.

감사합니다.